宇宙藏在字裡行間，

A-má 和我救了一個外星人

☆

劉承賢 著

★目次★

自序 ★ 神奇大腦中的小宇宙

> Masusu 嘆了口氣說：「唉，你們人類大多
> 數始終忽視語言的形式研究，甚至到現在
> 都還有人宣稱人類的語言單純只是社會及
> 文化的副產物。」
>
> 〈15 宇宙不容你們自由來去〉

　　數學是科學之母，許多學科研究都仰賴數學，但相對於「應數」（應用數學），「純數」仍有一席之地，沒有人質疑理論數學家為何可以恣意探索、發掘數學的奧祕。

　　距離我們 5,500 萬光年的 M87 星系中心，與我們實際生活及科技應用幾無相關，但卻能集結國內外 200 多位頂尖科學家，只為讓星系中心的黑洞成像，在 2019 年公佈人類史上第一張黑洞相片，並成功攻佔各大媒體版面，沒有人會質問這是不是「無用之學」。

　　畢竟科學除了生活應用，能滿足人類「求知本能」與「好奇之心」也是一種「應用」，但如果達不到「一般人也多少能懂」，那一門學科只會變成象牙塔裡的學問，面臨資源及空間上的逐漸萎縮。

　　語言學當然有其應用的層面，但語言學 ── 特別是本書側重的「句法學」 ── 也有一探人類腦中小宇宙、

滿足對知的渴望的理論面。可惜的是，相較於理論物理學家及天文學家，句法學家的研究成果離「一般人也多少能懂」顯然還有一段距離。

不同於作者的另一本書 ── 《語言學家解破台語》 ── 將語言學理論的部份淡化，把重點放在台語的現象上，這本書則讓語言學的句法理論變成主角，希望讓抽象的句法理論走向一般人，把「光年」化為「公里」，讓理論句法學不再那麼遙不可及。

哲學科普小說《蘇菲的世界》曾紅極一時，且被翻譯成不同語言。如果素來有著嚴肅、艱深面貌的哲學都能面向大眾，理論語言學怎能不盡上一份「讓一般人也多少能懂」的責任？

其實語言學的科普書並不少，但我所知道最接近句法學科普書的就只有 Richard K. Larson 的《Grammar as Science》了。許多小說都有語言學的「內容」，但以句法學為「主角」，一如「哲學」作為《蘇菲的世界》的主角，並觸及學科核心的小說，作者則未曾聽聞。

以上種種揉合，形成了這本書的寫作動機，作者幻想著世界或台灣終於有了第一本句法學科普小說，理論句法學再向科普跨進了一步。至於書中的語言現象，故事既然以台灣為背景，那當然要以台語為主角囉！

神奇大腦中的小宇宙，借星球的移動、黑洞的吸引、蟲洞的穿梭為譬喻，希望讀者能心領意會，一同揭

開理論句法學的面紗，看見理論句法學「sim-sik ê sóo-tsāi」（心適的所在）。

Lâu Sêng-hiân

2023 年 11 月 10 日

01

樓頂上的太空船

大元以為接下來發生的事會令人興奮，或至少很有趣，沒想到，竟然是要他幫忙找出啟動太空船引擎的密碼！

　　下定決心離家出走的第一天，大元在忠孝復興走出捷運站，昨天才被颱風傷過的夕陽還在大樓背後流血，血水浸得天上的棉絮泛紅，不久又凝固了，呈現暗沉的紅色。

　　不回家的話，大元有的是時間；他也不缺錢，畢竟不關心他的父母，習慣用在他玉山銀行的帳戶數字贖罪。大元故意挑充滿異國風情店家的小巷子，往 101 大樓的方向信步走去，他知道他總會找到一家不夜的店，並且已經下定決心要在接到家裡第一通電話後馬上封鎖。

　　「她說她叫做 Masusu，聽起來比我的名字還好笑。」事情過後，他總不禁回想起這點。「麻酥酥？是坐太久還是喝茫了？」而現在再想起 Masusu，心裡盪漾的是麻酥酥卻又酸溜溜的味道，慢慢地爬上鼻子，有一種因為嗆到而想流眼淚的感覺。

　　「大元！又大又圓！」同學一般都這樣開他名字的玩笑。

　　A-má 的反應比較特別：「**大箍不離呆！Lín 爸仔母真袂曉號名！**」

　　每次提到爸媽，a-má 就會大發脾氣，連大元的名字也成為她不滿的原因之一，還好大元的爸媽已經有十年

不跟 a-má 往來了，不然雙方大概會鬧進警察局吧！

　　大元隨興在巷子裡亂走了一個多小時，在一家餐廳吃了晚餐，再往光復北路的路口走去。

　　當大元走過 Masusu 前面的時候，Masusu 正站在一家服飾店無窗的外牆邊，服飾店鮮亮的光線從帶落地窗的那面潑灑一地，無牆的這面好像月球的背面，當 Masusu 走向大元的時候，大元直覺地揮手趕人，他不想要傳單，也不要被推銷。

　　但大元在見到她離開暗處被照亮的臉的那一刻起，就註定不可能對著她嘲笑她的名字了，除了他知道名字被笑的痛苦以外，也是因為捨不得。怎麼說呢？這沒辦法用說的，得用看的。在這一切都過去之後，大元會熱切地希望曾幫她拍張照片，偏偏那段每天看見她的日子太過匆忙，以致於大元只記得手機可以用來打電話給 a-má，請 a-má 協助破解太空船的密碼，好讓她快回去她那幾十萬光年外的家。

　　「請問，你會說台語嗎？」

　　「Hânn?」大元以為自己聽錯了，這一句完全不在意料中的話。

　　「你會說台語嗎？」Masusu 直直望進大元的眼睛，

又說了一次。

「台……台語？」大元下意識地用手抓了抓頭，「會一點點吧……」大元的腦海裡浮現六歲前在旗津南汕里跟 a-má 一起生活的情景。

「Uá 講袂輪轉，毋過阮阿媽講話 uá 聽有。」

「那，拜託你幫我找太空船引擎的密碼。」

「Hânn!?」又一句全不在意料中的話，而且這次，大元覺得這個女生若不是騙子，就是神經不正常。

難怪那幾個人會死在大樓頂樓，想來都是出於好奇，也出於對漂亮年輕女孩的無法拒絕並無所防備吧！

大元跟著她從小弄裡的後門溜進了一間十幾層樓高的商業大樓，他們進門後，女孩把門從裡面鎖上。這棟大樓曾經是百貨公司及複合商場，半年前因為租約問題而歇業，杳無人煙且陰暗的內部已經透出一股霉味。

大元一路跟著 Masusu，非常緊張又很是期待，卻不知道自己期待的是什麼；另一方面期待當中又混了害怕，像原來層次分明的三層冰飲，一旦攪動就混濁一片了，以致於自己是怎麼到樓頂上的，竟然想不起來了。

究竟是一層樓一層樓爬上去的，還是坐了電梯，還是……

大樓頂樓，離路上明晃晃的路燈、車燈太遠，離被折射的光線弄混的夜空太近。

　　頂樓的三分之一被一個巨大的圓柱體佔住了，在混濁的光影下看不見細節，若不細想，大概會覺得是大樓的巨大水塔不知道什麼原因倒下了。

　　「你好，我叫大元，不知道妳叫什麼名字齁……」大元試探著。

　　「我叫 Masusu。」Masusu 隨口回答，一邊帶著大元走近那個水塔，

　　「Masusu？這是什麼怪名字呀？怎麼這麼好笑？」大元並不是真的想嘲笑她，只是一時找不到下一個話題，又覺得不說話太尷尬，就隨便找了話來搭。

　　「哪裡好笑了？」Masusu 面無表情地說。

　　「就……聽起來很像『麻酥酥』，呵呵……呵呵……」大元還是找不到話題，但自己也知道這樣接話真的超沒禮貌，只會惹對方生氣。

　　「是嗎？難道你會覺得『幹部』這個詞像是在罵髒話？『比賽』這個詞跟台語的『屎（sái）』有關？『學校』難道會因為『校』像『起痟（khí-siáu）』而好笑？」

　　剛才那些不識相的男生，嘴裡出來的台語不外乎這幾個詞，Masusu 全記起來了。

　　大元聽得出來 Masusu 話中的恚怒，他不敢答話，頭低低地想著該怎麼打破這氣氛。直到他聽見……

　　「說台語……」矇矓的光線在 Masusu 的臉上映出微微的光暈，好像放了十幾年已經氧化的銀製鏡面。

「Hânn ？」

「說一下台語！！！」Masusu 突然大聲吼了出來。

「Khàu-iau 喔！」大元被 Masusu 突如其來的吼叫嚇了一跳，不自覺地回了一句。

突然間，「水塔」的一側開了個口，映出血紅的光芒，並發出像油沒上夠的齒輪快轉的吱吱聲響，大元轉頭看看臉色蒼白女孩，再轉頭看看呲牙咧嘴的「水塔」，一時間心中的害怕像急速脹大的氣球擠上了喉嚨。

「Kán ！ Khàu-iau 喔！」大元轉身就要跑下樓，只聽見背後 Masusu 說出一串他無法理解的聲音，隨後水塔射出一道紅光擊中大元的腳前三步處，反彈的推力讓大元不由自主地倒退並一屁股跌坐在地上。驚魂未定的他揉了揉眼睛，看見 Masusu 蒼白的臉龐就在自己眼前，不禁嚇得出聲大叫：「妳是誰？救命哪！A-má ！」

叫了幾聲之後，發現四邊暗了下來，重又寂靜的空氣裡只剩十幾層樓下模糊的車聲。

大元又揉了揉已經適應黑暗的眼睛，這才發現 Masusu 的臉上掛著眼淚。

「你會台語，對不對？」

「呃……」大元猶豫了一會，不知道該怎麼回答，他的台語很破，而他的朋友會的台語更少，差不多就只剩「khàu-iau」、「sánn-siâu」跟「kán」了 —— 這樣也算會台語嗎？

「不要哭啦！」大元看 Masusu 撲簌簌的淚珠直落，只想安慰她：「你想學台語，我 a-má 很厲害的，我們可以問她。」

「真的嗎？」Masusu 一邊啜泣一邊說。

「真的啦！相信我！」一時間，大元好像忘了剛才的恐怖場景。

「你最好沒騙我，已經好幾個人騙我了……」

「好幾個人？在哪裡？」

Masusu 指了指地板上這一堆、那一堆的衣物，說是一堆，看起來更像是衣物的主人留下的蟲蛹。

後來大元才知道，Masusu 找不到自承會台語的女生，而跟他上到這裡的男生，最後都心懷不軌想欺負她，於是，全被方才「水塔」射出的紅光給汽化了。

心疲力竭的 Masusu，多麼希望大元可以幫幫她。

「真的就像船上的訊息提示一樣，啟動引擎的動態密碼會與航程設定目的地的最大在地語言有關。」

大元其實聽不懂他在說什麼，「呃……什麼引擎？什麼密碼？」

「我和教練的船故障了，在失控當中，教練意外地被拋出船外。」

「船？所以……這是你們的太空船？妳……妳是……外星人？」大元下意識地退了三步。

「請你幫幫我！我的駕駛課還沒上完，我只知道引擎的動態密碼會與航程設定目的地的最大在地語言相關。你剛才說台語時，船的確也有啟動的反應了……但還是需要知道正確的密碼，才能發動引擎，讓我能回家。」

02

·

語言裡的密碼

~大元筆記摘要~

★人類語言裡的「普世」規則：

　　Key point：句子當中做動作的一方，如果沒拿主格，就會被標上屬格。

　　Key point：主語、動詞組、副詞的順序規則。

　　人類語言好多好多，但裡面卻有些奇怪的巧合，而這些巧合不可能是不同語言的人一起討論而決定的。

　　英文和台語，都有當作屬格的「's」和「的」：

The Chinese Han Empire's invasion of Vietnam.（英語）

Hàn-tè-kok tuì Uȧt-lâm ê tshim-liȯk.（漢帝國對越南 ê 侵略。）　　　　　　　　　　　　　　　　　　　　（台語）

　　而日語和台語，副詞的位置順序一樣，英文卻像照鏡子，恰恰顛倒：

彼は 昨日 図書館で 一生懸命に 英語を 勉強した。

　　　　　　　　　　　　　　　　　　　　（日語）

He studied English hard in the library yesterday.

　　　　　　　　　　　　　　　　　　　　（英語）

伊 昨昏 佇圖書館 拚勢 讀 英文。　　　　　（台語）

　　難道人類的語言有些「預先」決定的「普世」規則嗎？

「等一下⋯⋯你的太空船都壞了，找密碼也沒用吧！我看⋯⋯我們還是找警察比較實際。」大元聽了 Masusu 的話，想了想，從口袋裡抽出手機。

Masusu 衝上前，手機被一把搶了過去。

「妳幹嘛？」大元瞪大眼睛看她。

「你想讓我被抓去關起來，被研究、做實驗嗎？」

「呃⋯⋯」

「如果你打電話給警察，我就送你去和那些傢伙做伴！」

大元轉頭看看地上的「布蛹」，吞了吞口水。

「好⋯⋯好⋯⋯好，不找警察，我們不找警察。」大元看 Masusu 沒有反應，於是接著說道：「可是妳的船都壞了，找引擎的密碼就真的沒有用呀！」

「壞了不是問題，船會自行修復。」

「哈哈！難道妳的船是活的不成？」

「笑什麼？連你們人類都已經發展出初階的自行修復材料了！我們的船會自行修復，很奇怪嗎？」Masusu 一邊說，一邊把手機交還給他。

大元沒想到她會這樣回答，把手機接過來後，也不知道能回什麼，只好自己 google「自行修復材料」。

「說真的，你是幫忙不幫？」Masusu 看他沒有反應，語氣裡又有些蠻橫。

「呃……找密碼嘛！對吧？找密碼……」

Masusu 只是看著他，沒有回話。

「等一下！」大元好像想起了什麼，「妳剛剛是不是有說，啟動引擎的密碼跟語言有關。」

「對，和航程設定目的地的最大在地語言有關，當初我們就是設定地球的台灣，算是一次駕訓……沒想到……」Masusu 說到這，臉上又罩上愁容。

「聽起來就像是騙人的嘛！」大元小小聲地說。

「我騙你做什麼！」Masusu 一副做勢打人的樣子。

大元忙著用手掐擋，一邊說道：「你們的星球那麼遠！為什麼密碼會和我們地球的語言有關？」

「不然你以為我為什麼會說你們的話？」

「誰知道妳是不是帶了什麼翻譯器之類的！」大元仔細看了看 Masusu 身上的裝備，二十歲上下的少女模樣，飛行裝的穿著與地球的太空人大不相同，在路上應該會被認為是在 cosplay 某個動漫角色。

「我們更動了你們的基因！並且把宇宙的祕密藏在你們的語言規則裡！」

「你們……更動了我們的基因！」大元瞪大了眼睛。

「怎麼樣？很奇怪嗎？你們人類對其他生物做基因改造，也已經好幾十年了！你不知道嗎？」

　　大元當然不知道，本來想拿起手機問問 ChatGPT 的，但又覺得好像有失面子，打消了主意。但他不想落居下風，說：

　　「那個……語言只不過是溝通的工具，是我們人類因為社會和文化需要發展出來的產物，和什麼宇宙的祕密、什麼規則，不可能有關係的啦！」

　　「對呀！不知道的人都嘛這麼說。」Masusu 流露出不屑的眼神。

　　「Guá lí leh！」大元被她給激到了，雙手抱胸說：「少一副很有學問的樣子，不然，妳說呀！如果你們把宇宙的祕密藏在我們的語言規則裡，為什麼人類的語言長得奇奇怪怪，都不一樣？」

　　一旁的太空船突然又隱隱作動。

　　Masusu 回應：「因為你們就沒能看到表面以下的真象嘛！」

　　「哼！什麼真象，妳就隨便舉個例子呀！說吶！」

　　「你學過英語吧？」

　　「學過呀，怎麼樣？」

　　「那我問你，下面這個句子，要怎麼變成名詞化？」

The Chinese Han Empire invaded Vietnam.　　（英語）

大元在學校的功課普普，就只有英語和國文成績不錯。他仔細確認了句子的內容，給出下面的字串：

The Chinese Han Empire's invasion of Vietnam.（英語）

「同樣的內容，台語怎麼說？你會嗎？」 Masusu 問道。

「呃⋯⋯」大元搔搔頭，「這太難了啦！不然，我打電話問我 a-má。」

費了好一番唇舌，解釋了老半天，還跟著在高雄擔任台語教學支援人員的 a-má 學發音學了好一會兒，終於，大元給出答案：

Hàn-tè-kok tuì Uát-lâm ê tshim-lio̍k.　　　（台語）
（漢帝國對越南 ê 侵略。）

Masusu 一邊聽著大元說出句子，一邊看著太空船。太空船聽到台語字句時在一側又重開了個口，映出血紅的光芒，並發出像油沒上夠的齒輪快轉的吱吱聲響。

但是，Masusu 拿出一塊螢光板，把字句輸入後，失望地搖搖頭。

「看來密碼也不是這些詞。」

「喂！妳自己不會說台語嗎？妳自己試不就好了？」大元突然想到。

「我還真的不會！」Masusu 回道，「你們地球人不是一副想要英語通全球的模樣嗎？我的華語還是因為好玩才多學的呢！倒是，你們台灣人能流利使用台語的，也不多了吧！你怎麼能期待我們外星人還特地學習台語？」

「嘖嘖！那好，那妳就拿翻譯器出來，自己亂試不就成了。」

「抱歉齁！我是出來駕駛訓練的，根本沒打算要下來跟你們有什麼接觸。本來半個小時就要回去了，我帶地球語言的翻譯器做什麼？」

大元翻了翻白眼，心想地球的手機都有 google translate 和 ChatGPT 可以查了，這個外星人是忘了帶「他們的手機」嗎？

「言歸正傳！你仔細看看，剛才的英語句子，和台語句子，是不是一個有『's』，一個有『ê』？」Masusu 把話題拉回原點。

「對呀！那又怎麼樣？」

「這兩個成分分別是英語及台語的屬格或者說所有格，對吧？」

「嗯……」大元開始覺得無聊了。

「也就是，句子當中做動作的一方，如果沒拿主格，

就會被標上屬格。」

「就巧合呀！因為這樣說話很順呀！」

「那就奇怪了！你知道台灣南島語，因為句型變換，在主事者或施事者不標主格時，也會被標成屬格嗎？」

大元對台灣的原住民語言一竅不通，只能不置可否。

「我問你，難道台灣的原住民，在好久好久以前，還特地去找了英語人和台語人來商量，一起決定如果主事者或施事者不標主格，就要標屬格嗎？」

大元一邊的嘴角上揚，只覺得眼前這個人瘋了，盡說些莫名奇妙的話。

Masusu 沒放棄，她知道她得先讓大元心服口服，才能讓他留下來，幫忙解開密碼的難題。無論如何，這傢伙都有個台語很好的 a-má。

「我知道你還是不相信，給你看另一個例子吧！」Masusu 又拿出螢光板，在上面按了按。螢光板突然射出光芒，在空中形成影像，仔細一看，是兩個語言的句子：

He ate a burger.	（英語）
彼 は ハンバーガー を 食べた。	（日語）

「你說，這句子的台語怎麼說？」

這個簡單，剛好之前 YouTube 有人在談「漢堡」的

台語，大元很有自信地說出對應的句子：

> 伊 食 一粒 hãm-bah-kah。　　　　　　　　　　（台語）

　　才說完，大元靈機一動，馬上接著說道：「你自己看！台語和英語的『漢堡』在動詞後面，日語呢，在前面耶！我們人類的語言，哪有什麼共通點？」

　　「喔！是嗎？那麼這句呢？」Masusu 又投影出兩個句子：

> He studied English hard in the library yesterday.
> 　　　　　　　　　　（英語）
> 彼は 昨日 図書館で 一生懸命に 英語を 勉強した。
> 　　　　　　　　　　（日語）

　　「你再翻成台語呀！」Masusu 催促大元。

　　「嗯……不行…… 等一下，我查一下線上辭典，有些詞我不太確定要怎麼說。」大元心想：「這人真煩，等這句查完，也該走了。」終於大元給出下面的句子：

> 伊 昨昏 佇圖書館 拚勢 讀 英文。　　　　　　（台語）

「好了！查完了，我可以走了吧！要找密碼，我們再約好了……」

「站住！」Masusu 大聲喝斥，「你自己看清楚，這三句話除了主語（主詞）及動詞組以外的順序！」

大元實在老大不甘願，但一想到 Masusu 方才汽化的那幾個人，只好先順著她。

「嗯……hard in the library yesterday……」還有這個日文我不會唸 ── 昨日 図書館で 一生懸命に ── 看起來就是「昨天在圖書館努力」。

「你沒發現日文的副詞順序，和台語一模一樣嗎？」Masusu 追問道。

「唉喲！巧合啦！就巧合嘛！那麼認真幹什麼？」

「巧合？你仔細看看英文的副詞順序。」

「不用看了 ── 英文的，和台語、日語不一樣，結案！」

「你如果還想繼續活著，最好仔細看清楚。」Masusu 神色冷峻盯著大元。

大元心頭一凜，一邊瞪著英文的句子，一邊想著待會兒要怎麼擺脫這個外星人。

「……hard in the library yesterday」、「努力在圖書館昨天」、「hard in the library yesterday」、「努力在圖書館昨天」……突然間，他意識到這順序剛好跟台

語、日語是恰恰顛倒的，就像照鏡子一樣！

「看出來了吧？」Masusu 頭傾一邊，下巴略略抬高，說：「三個副詞，時間、地點、狀態，一共有六種排列組合，結果，日語和台語一模一樣，英語呢，偏偏另外四種組合不選，就選個鏡像的結果。難道，在古早時候，英語人、日語人、台語人曾開過副詞排序共識會議？」

大元這次想喊出「巧合啦！」的底氣減了不少，腦袋裡只想著：「這是什麼鬼東西？什麼跟什麼啦！」

Masusu 繼續說：「大元，如果你找更多語言的例子，你就會知道我說的是真的！我們把宇宙的奧祕寫進人類的基因及語言裡頭了。你可以說發生一次是巧合，發生兩次是巧合，那發生三次、四次、五次呢？還是巧合嗎？」

「妳到底想怎麼樣？」大元不耐煩地問道。

「做個交易呀！」

「什麼交易？」

「我看台北會說台語的年輕人是很難找了……老人的話，看到太空船應該會立刻嚇到往生吧！你呢……你會查線上辭典，還有 a-má 可以問，要不就留在這裡吧！太空船裡有食物和飲水，大樓樓梯間有廁所，幫我把太空船的引擎啟動密碼找出來。我打算用宇宙的祕密跟你交換。」

「我可以不要嗎？」大元懶懶地說道。

「可以呀！我就馬上把你處理掉，再去找下一個人！」

03
·
一切平等、以人為本

★ 「人」在某些語句中的特殊地位：

　　Key point：英語代名詞可用以指稱非人的事物；台語的代名詞一般來說不能指稱非人事物，而且「人」在某些句型中具有特殊地位。

　　一樣都是代名詞，可是不同的語言的用法不太一樣，而且，名詞是「人」或「不是」，還會影響句子的好壞！

　　比如英文有代名詞「it、they」來指稱非人的事物：

> Don't touch that . It's my mom's bag.
> I like cats. They look chill.　　　　　　　　（英語）

　　但台語的代名詞不行。

　　而且有的句子，受詞非得是人不可！

> ✗ 志明共桌仔揀。
> ○ 志明共桌仔揀去邊仔。　　　　　　　　　　（台語）

　　大元其實對於什麼宇宙的祕密沒有太大的興趣，對什麼「外星人在人類的語言裡插入了宇宙的規則」更是感到無聊，但為了活命，也只好暫時虛予委蛇了。

　　「不要殺我吧！我留下來，呃……妳找到密碼之後，會放我走齁？」大元看向 Masusu 的眼睛，只覺得冷冰冰的，「我保證，我保證不會把這裡的事說出去的。」

　　「說出去也無妨。」Masusu 說：「其實這些事也沒什麼好保密的。我只想找到密碼，能趕快回家。你只要肯幫我，那就沒有問題。」說完，從飛行裝的口袋裡掏出一片像口香糖的東西，往大元的臉上貼了過去。

　　「你幹什麼！？」大元驚慌地跌坐在地上。

　　「買保險呀！」Masusu 說：「如果你去廁所什麼的，二十分鐘還不回來，這塊東西就會把你炸成肉醬。」

　　大元伸手去拔那塊「口香糖」，只覺得黏得很緊，如果拔下來應該會皮開肉綻，頓時有點生氣。

　　Masusu 接著說：「汽化也好，爆炸也好，這都不必是你的結局。你就當是做好事，幫幫落難的外星朋友，順便聽聽故事，怎麼樣？」

　　「我能怎麼樣，kán！」大元氣到身體發抖。

　　「請尊重一點好嗎？當初我們會刻意介入人類的演化，就是因為看重地球的人類也是具有高度智慧的物種，甚至，我們還把這種對於『人類』的尊重，也寫進你們語言的規則裡了。」

「呵呵……」大元假笑著，「妳還真會掰耶，你們寫了什麼？對人類的尊重？怎麼寫？妳說呀！」一邊心裡想著：「Masusu 妳這個殘忍的騙子！妳走著瞧！」

　　「看來你還是不相信我的話嘛！你果然不知道，你們的語言裡，有些是帶著『一切平等』的觀念，但有些卻是『以人為本』的。」

　　「對啦對啦！『一切平等』和『以人為本』，都能用不同的語言來說啦！你要不要試試看，說不定這就是密碼。」大元挑釁地說。

　　「雖然沒什麼線索，但我們的確可以再來找找看。」Masusu 又碰了碰螢光板，在空中投影出四組英語句子：

Don't touch that . It's my mom's bag.

There's a tree in the park. It's so big!

Hey. You see the ant on the table? It's eating your cake.

I like cats. They look chill.　　　　　　　　（英語）

　　大元想到自己前途未卜，生氣也變成了沮喪，低著頭無精打采地坐在地上。

　　「翻啊！你不是想快點離開這裡嗎？」Masusu 催促他。

　　大元無奈地抬頭看看句子，這次的句子裡沒有太難的字詞：

Mài 去摸 he。伊是阮阿母 ê 袋仔。

公園內底有一欉樹仔，伊有夠大欉 --ê--lah！

Eh，你有看著桌頂 hit 隻狗蟻 -- 無？伊咧食你 ê 雞卵糕。

我真佮意貓，in 攏放 kah 足鬆 --ê。　　　　　　（台語）

　　Masusu 一邊聽著他說話，一邊選些字詞要他查線上辭典，好輸入螢光板裡，看看其中是否有密碼，又一邊問道：「你不覺得這些照著翻過來的句子，怪怪的嗎？」

　　大元想了想，的確是有點蹊蹺。感覺起來，上面這四組句子，各組的第二句都不是台語人平常會說的話：

Mài 去摸 he。✘ 伊是阮阿母 ê 袋仔。

公園內底有一欉樹仔，✘ 伊有夠大欉 --ê--lah！

Eh，你有看著桌頂 hit 隻狗蟻 -- 無？✘ 伊咧食你 ê 雞卵糕。

我真佮意貓，✘in 攏放 kah 足鬆 --ê。　　　（台語）

「看出來了嗎？英語可以用代名詞『it、they』來指稱『袋子、樹、螞蟻、貓』，但台語卻沒這樣的說法。」

對 Masusu 指出來的現象，大元沒辦法否認，但他心裡想的還是：「就巧合吧！難道還有其他的例子？」

Masusu 似乎讀出了他的心聲，說：「沒關係呀！我們現在有的是時間，在你幫我找到密碼之前，你遲早要承認你們的語言不單純是在社會中發展出來的後天產物。」

「就代名詞用法不一樣而已！很厲害嗎？」大元把眼睛撇開。

「嘿嘿，當然厲害，我剛剛就猜台語在這方面跟華語是一樣的。不過，你仔細想一想，我的推測是：原則上不肯用代名詞來指稱『非人』物事的台語，應該會另外讓『人』在另一個句型中也享有特權。」

但大元並不想理她。

Masusu 無視大元，繼續說：「很抱歉，我不會台語，這得靠你想想看了，想到的例子，說不定裡頭就有我要的密碼，不想想看嗎？」

大元迫於無奈，畢竟一時間也不可能轉身離開，但光自己想也沒個頭緒，於是又撥了電話給 a-má。

「你 ing 暗是咧按怎？直直敲電話來問我台語？」大元的 a-má 覺得納悶。

「A-má，都……我有想欲去考台語檢定，咧準備

啦！你共我鬥相共，好 -- 無？」大元胡亂謅個理由。

　　剛好 a-má 最近在一本書裡，看到一個相關的用法。於是，大元有了以下的句子：

> 志明共春嬌捒。
> ✘ 志明共桌仔捒。　　　　　　　　　　　　（台語）

　　「我 a-má 說，這種句子，如果不把後面的結果說出來，那就只有『人』可以當受詞，像這兩句；如果不是人，而是『桌仔（toh-á）』，就不能用了，除非把結果說出來，像這樣：」

> ✘ 志明共桌仔捒。
> 志明共桌仔捒去邊仔。　　　　　　　　　　（台語）

　　「對吧！」Masusu 一邊聽著，一邊看著大元在線上辭典查到的詞，一個一個輸入螢光板。

　　現在的線上辭典很方便，可以用語音查詢。可惜的是太空船雖然因為語言正確而有反應，不過這些字詞裡顯然沒有密碼，引擎並沒有啟動的跡象。

　　「雖然很扯，但老實說……我還是不太相信這些現象是你們寫進人類的語言裡的。而且，不好意思齁，我

看你們並不是什麼好東西！」

「怎樣？有什麼意見嗎？」

「看妳殺人像拔草一樣，動不動就把人汽化掉、炸掉！還說什麼『一切平等』、『以人為本』，我看根本都是假的！」

「嘿嘿，再怎麼樣，也沒比你們人類糟糕吧！你們為了食物、資源，殺害的動物還不多嗎？你們是比較尊重貓、狗，但說起來並不比貓、狗低等的豬、牛、羊卻被你們另眼看待，不是嗎？」

大元一時無言以對。

「我們把『一切平等』的理想，『以人為本』的現實，都放進你們的語言裡了。我們對地球人類的尊重，並不輸你們對貓、狗的尊重，只不過，會傷人的貓、狗，你們也不會手軟的吧？」

「我們之間的差異，真的有那麼大嗎？」大元忍不住問道。

「我們演化的程度、科技與文明的發展，不是你們可以想像的。」Masusu 回應道，「事實上，人類的語言除了有一致的原理原則，同時在表面上也呈現出巨大的歧異，這也是我們對你們的提醒：不要用自己的理解去設想別人！在地球上如此，在廣渺的宇宙間更是如此。」

04
·
被忽略的不一樣

~大元筆記摘要~

★「進行式」在不同語言間的差異：

　　Key point：英語、日語、台語及華語所謂「進行式」的差異。

　　原來法語、德語、西班牙語都沒有 be 動詞 +Ving！而且「進行式」的句型用法，在每個語言都有些出入……連台語和華語都不太一樣。

　　原本以為台語跟華語的進行式可以照翻，但看起來似乎不能這樣：

伊佇圖書館咧盹龜。	（台語）
✘ 他在圖書館在打瞌睡。	（華語）
志明閣咧戇矣。	（台語）
✘ 張三又在蠢了。	（華語）
車咧欲來矣。	（台語）
✘ 車子在要來了。	（華語）

　　大元起了想跟 Masusu 唱反調的心理。

　　「妳說別忽略差異，但其實我看有時候只是故意說得很不一樣而已。」

　　「是嗎？那你說說有什麼可以忽略的差異。」

　　「比如妳看起來跟地球的人類很像；人類就是人類，別裝了好嗎？」

　　大元想了想，從剛剛到現在都在談語言，於是舉了個全台灣人都知道的英文文法：「Be 動詞加 Ving，現在進行式！全世界的語言都有現在進行式吧！難道有什麼不一樣？」

　　「你不要裝得很懂，可以嗎？」Masusu 輕蔑地看著大元，「你應該不知道，歐洲的法語、德語、西班牙語、義大利語、荷蘭語，都沒有什麼 be 動詞加 Ving 的現在進行式吧？」

　　「少來！要不然哩？他們要怎麼表達正在進行？」

　　「就用簡單現在式呀！就算是有表達止在進行的特殊句型，也不是什麼 be 動詞加 Ving。」

　　大元很不服氣，「妳就故意舉一些不一樣的，可是明明就有不少語言是一樣的。」大元舉了下面的英文及台語的例子。Masusu 一副泰然自若的模樣，還幫他補上了日文的例子：

> Mary is reading a book. （英語）
>
> 春嬌咧讀冊。 （台語）
>
> 太郎は本を読んでいる。 （日語）

　　「妳自己看，英文就 be 動詞加 Ving；台語加上『咧』；妳的日語例子，妳也說了，動詞由『読む』改成『読んでいる』來表達進行中。」大元得意地說：「差不多一模模、一樣樣！」

　　「只看表面，當然覺得一模一樣。」Masusu 回了這兩句，接著又說：「你把下面這句日文對照著翻成台語試試，動詞『割れる』照前面的做法變成『割れている』了，猜得到意思吧？」

> 窓は割れている。 （日語）

　　「就窗子破的意思嘛！」大元照著日文說出以下的台語：

> ✗ 窗仔咧破。 （台語）

　　說完，自己都覺得怪怪的，卻說不上來是什麼地方

不對。

「怎麼？心虛了嗎？不是說加了『ている』就變進行，對應台語的動詞前面加『咧』嗎？」

「妳確定這句日語是對的？」

「你可以問日本人呀！」

「所以⋯⋯這句日語到底是什麼意思？」

「硬要說的話，就是『窗子的玻璃破了而且還破在那裡』吧！」

「破在那裡？這⋯⋯」

「就跟你說不一樣嘛！」Masusu 又問道：「你們英語老師應該有教過：be 動詞加 Ving 另外有個『即將發生』的意思，對不對？」

大元點了點頭。

「但其實還有別的用法，你再照著把這兩句英語翻做台語的『咧』試試？」

John was liking his father in law these days.

Mary was being polite.

（英語）

大元想了想，「我把人名都換掉嘿！」然後給出卜面兩個句子：

志明彼陣仔咧佮意春嬌啦。

✗ 春嬌咧有禮貌。 （台語）

　　「覺得如何？」Masusu 問他。

　　「第二句怪怪的。」大元接著問，「所以上面這兩句英文真的是可以的？」

　　「可以呀！第一句可以用來說 John 對他岳父的感覺正在好轉中，而第二句則是表達 Mary 刻意表現得有禮貌。不過，看起來台語的『咧』並沒有這樣的用法吧！」

　　「等等！」大元腦袋飛快地轉著，想扳回一城，「妳舉的是英語和日語的例子，華語呢？華語和台語的文法就沒什麼差別了吧！」

　　「是嗎？」Masusu 笑中帶著諷刺，「你要不要打電話給你的 a-má 台語老師？我想她一定不會站在你那邊。」

　　不服氣的大元於是又撥了電話，「A-má，失禮！你猶未睏 --honnh？歹勢 --lah，我……閣有台語的問題欲問 -- 你。Hennh，hennh，我知，今仔日上尾一个問題 --ah！……」

　　就那麼剛好，大元的 a-má 在臉書上看到了一則台語「咧」與華語「在」用法不同的貼文，大元點了 a-má 貼

過來的連結，一邊看，一邊查，而 Masusu 一樣在旁邊一個詞一個詞試過。

「唉！太空船的引擎還是毫無動靜。」Masusu 又露出失望的表情。

以下則是這些呈現對比的句子：

伊佇圖書館咧眮龜。	（台語）
✗ 他在圖書館在打瞌睡。	（華語）
志明閣咧戇矣。	（台語）
✗ 張三又在蠢了。	（華語）
車咧欲來矣。	（台語）
✗ 車子在要來了。	（華語）

「雖然說這裡頭還是沒帶我要的密碼。」Masusu 看著大元說：「但大元，你也該相信了吧！即使是你以為很相近的語言，也還是存在著差異！」

「哼！其實上面這三句華語句子，我們也不是就不能說！」

「喔！考試的時候這樣寫，會有分數嗎？」

大元畢竟不是說謊說慣了的人，但就是不肯低頭，「就算不行，至少也是華語被台語影響的變體吧！」

Masusu 看他倔強的樣子，知道他一直處於下風，應

該是多多少少心服了，只是嘴硬不肯承認。

「你就先別走了！」Masusu 勸他，「幫我找出密碼再說。」

「我又沒有要走！」大元這才想起，今天可是他離家出走的第一天哩！他的確也還沒決定今晚要待的地方。

就在這時，大元的電話響了起來，是媽媽！

大元倔強地切斷，並把號碼封鎖。接下來的五分鐘裡，爸爸的手機、家裡的市話，也都遭受同樣的命運。

「我們可以明天再繼續嗎？我 a-má 睡了，也沒人可以問了。」大元心裡覺得有點累。

「好吧！你可以到裡面休息。」Masusu 指了指無法起飛的太空船。

05

·

像星星一樣移動的
詞彙與詞組

★有些句子裡的詞彙發生了移位：

　　Key point：句子中的詞彙順序會調動，甚至把前面的詞替換掉。

　　台語有些看起來不合邏輯的句子，華語也有，但沒想到台語、華語、英語的句子裡都有詞彙的移動，而且還會像星星擋在另一顆星星前面。

　　移位之後，那些不見的詞還是能在句子裡感受出來：

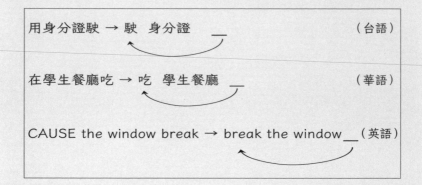

用身分證駛 → 駛　身分證 ＿　　　　　　　　　（台語）

在學生餐廳吃 → 吃　學生餐廳 ＿　　　　　　　（華語）

CAUSE the window break → break the window ＿（英語）

太陽都爬得老高了，大元還沒醒來。其實他在太空船

　　太陽都爬得老高了，大元還沒醒來。其實他在太空船裡睡著前，並不覺得自己會睡得這麼熟。當他一睜開眼，睡眼惺忪地看到 Masusu 兩手插腰，站在旁邊瞪著他時，還以為自己在做夢。

　　「你要睡到什麼時候？」

　　「Hânn ？」大元無意識地回應。

　　「你到底要睡到什麼時候？」

　　「Mài 吵--lah ！」大元煩躁地說：「人欲閣睏 -- 一 - 下 --lah ！」

　　船裡的溫度比剛剛好還低一點點，就好像大元小時候，在下過午後雷陣雨、有一點點海風的夏夜，在 a-má 家的榻榻米上睡著的感覺。

　　突然，一陣陣像油沒上夠的齒輪快轉的吱吱聲響傳進了大元的耳朵裡，本來也可以就當成催眠的白色噪音的，但這聲音莫名地勾起了大元的某些記憶，在記憶的層層疊疊中，大元突然坐了起來：

　　「A-má ！救命 --ooh ！A-má ！」

　　Masusu 靜靜地望著他，兩手環抱在胸前。

　　大元揉揉眼睛，再看了看 Masusu。

　　「醒了嗎？也該幫忙找密碼了吧！？」Masusu 的語調平靜而冷酷。

　　到樓梯間的廁所洗臉的時候，大元用力地搓了搓臉

沒有一點要脫落的意思，不過卻也沒有一點觸覺，簡直像一塊厚厚的死皮。

回到太空船裡，Masusu 遞給他一些像橢圓型鋁箔包的東西，「一邊吃，一邊想吧！」

大元東摸西摸把開口拆開，裡面是半泥狀的東西，顏色異常鮮豔。大元心想 Masusu 需要自己的協助，還不至於害他。

「咦！」大元嚐了一口，「這是什麼呀？很好吃耶！」大元又重試了一口，「可是，說不出來是什麼東西的味道。」

「喜歡嗎？喜歡的話還有很多，而且每一包的味道都不一樣。」Masusu 停了一下，「你說『好吃』的台語是什麼？」邊說邊又拿出那塊螢光板。

「『好吃』就是『hó-tsiah』啊！」

Masusu 在大元的指點下，在大元的手機上用線上辭典查出這個詞，並在螢光板上輸入。

「咦！妳什麼時候幫我充電的？」大元突然注意到，昨天只剩 21% 的電量，現在竟然變成 95% 了。

「不用我幫你充好嗎！」Masusu 翻了白眼，「你們地球也已經有很原始的無線充電技術了吧？」

「喔……」大元決定充電問題不要再多問下去，回到太空船的話題說：「我是覺得齁，我們這樣東碰一個、西碰一個，有點難想。我們要不要有個主題，至少比較

西碰一個，有點難想。我們要不要有個主題，至少比較不會這麼亂。」

「什麼主題？」

Masusu 這麼一問，一時考倒了大元。

等到他快把第三包「鋁箔包」吃完，才靈機一動說道，「那不然，我們就找些奇怪的句子好了！」

大元會這麼說不是沒有原因的。他高中的學弟最近和他連絡上，提到高中裡面突然有了一個禮拜一小時的台語課，還提到由他們生物老師充任的台語老師，經常把課拿來上生物，偶爾拿些奇怪的台語例子來搪塞。

「來，像這個句子，『**我無駕照，攏駛身分證。**』聽說鄉下的阿伯無照駕駛，被警察攔下，就會說這兩句話。」

兩個人一邊查線上辭典，一邊討論著。

「妳不覺得說台語的人很沒邏輯嗎？說話顛三倒四的！駕照和身分證又不是車，能『開』嗎？」大元帶著訕笑的口氣。

「這沒什麼奇怪的吧！就是詞在句子裡發生移位而已。」Masusu 抬頭看他，「我們在你們的語言裡，留下了移位的特性，就好像宇宙中移動不停的星球、星系。」

「又來了又來了！」大元用手摸了摸額頭，「這和移位有什麼關係？這只是好笑！OK！沒有邏輯的好笑！」

「那我問你，你們平常在學校難道不說『我不想吃學生餐廳，我想去吃麥當勞』嗎？」

　　「唷！妳對我們還有點了解耶！」

　　「你真的要吃學生餐廳？吃麥當勞？」Masusu 把那幾個詞都輸入完畢，放下了螢光板，「你是要吃裡面的桌椅還是廚具？或是……」Masusu 故意停了一下，「想把裡面的服務生、工作人員，像吃掉豬、雞、牛、羊一樣吃掉？」

　　「什麼跟什麼呀妳！」大元從來沒聽過這種說法，一時間不知道怎麼回答。

　　Masusu 問了「餐廳」、「麥當勞」的台語，又拿起板子兀自輸入著，「其實這種移位的現象，真的很普遍，只是你們不知道而已。對了……那『移位』的台語怎麼說？」

　　「移位？」大元拿回手機，還好詞典上找得到答案。

　　「英語不是有主動和被動句的差別嗎？」Masusu 問道。

　　「我知道啊！就像：

He helped her. She was helped by him.　　　　　　　（英語）

這樣的句子呀！」大元一邊說著，一邊突然想到，he 不就是我，she 不就是眼前這位小姐嗎？

「那你看過這樣的句子嗎？」Masusu 給了以下的句子：

He broke the window.

The window broke.　　　　　　　　　　　　　　（英語）

「又是窗子破掉的句子？昨天才用日文說過的。」大元看了看，若有所悟，「嗯，看起來好像是主動、被動的對比，不過……比起其他動詞，break 在這裡沒有被動句的樣子耶！」

「因為『破』本來就是『窗子』發生的事，你們現在的華語，如果要說第一句，應該會說『打破』吧？」

「好好好，妳很會舉例，那請問這和『suá-uī（徙位）』有什麼關係？」

「就是因為『suá-uī（徙位）』，所以才會出現我們剛才看到的那些句子呀。」

Masusu 按了按螢光板，於是在空中又出現了一些影像：

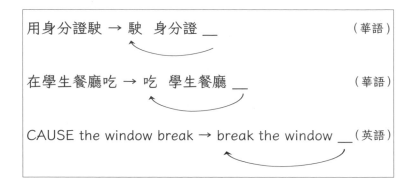

「看出來了嗎？原來的句子裡，分別有『iōng（用）』、『在』及『CAUSE』三個動詞在前面，但後面的『sái（駛）』、『吃』及『break』發生了移位，並分別擋在『iōng（用）』、『在』及『CAUSE』前面，這樣讀出來，不就是你以為很奇怪的句子了嗎？」

「妳要這樣說也是可以啦！我可以想像……人因為懶，會傾向長話短說：像『北車』、『高火』、『隱眼』之類的……不過，妳可以不要動不動就扯什麼星星、什麼宇宙嗎？」

「就跟你說了，這是我們放進你們語言運作裡的規則，你聽不懂嗎？」Masusu 翻了白眼，「宇宙裡的星星會移動，句子裡的詞彙也會！而且，即使星星會移位而擋住另一顆星星，後面的星星並不會就完全不見；詞在移位後擋在另一個詞前面，後面的詞也還是持續地發出亮光。」

　　大元決定不說話，看 Masusu 的「故事」能掰到什麼程度。

　　Masusu 說：「我答應過你的，我會把這些祕密告訴你，你要幫我把密碼找出來。所以，請你在我給你的資訊中，摘些詞出來，找出對應的台語詞，等下再一起來試試。」

　　大元點點頭。

　　Masusu 繼續說：「當一顆星星擋住另一顆星星時，後面的星星並不會就此而完全無法觀察，以你們地球現有的技術來說，就能透過好幾座天文望遠鏡組成干涉儀來進行探測。此外，具有巨大重力的天體，像是黑洞，也會造成在後面星星的光被扭曲或放大，而透露出其存在。」

　　大元在手機上開了記事本，記下「星星、後面、觀察、地球、技術、望遠鏡、重力、黑洞、透露、存在。」

　　「一樣的道理，即使後頭的詞移位而擋住了原來在前頭的詞，被擋住的詞，仍會透過詞意發出訊號，所以『sái sin-hūn-tsìng（駛身分證）』在說話及聽話的人心裡，都明明白白知道是『用身分證開車』的意思，而不會誤會成是單純的『開（駕駛）身分證』。」

　　Masusu 不確定大元是不是聽進去了，大元只是就著手機記事本上的詞彙，一個一個地查著線上辭典，然後拿給 Masusu 到螢光板上去試。

「喂！A-má！我閣來問你台語的問題矣！『移動』除了『suá-uī（徙位）』，kám 閣有別个講法？」大元示意 Masusu 準備輸入，「你講『tín-tāng』喔？按怎拼寫？T、i、n、t、a、n、g……」

06

·

看不到，但就在那裡

~大元筆記補充~

★選擇性省略及一定要省略的詞彙／詞組：

　　Key point：動詞、形容詞的「參與者」在特定情境下必須省略。

　　句子裡也有「暗物質」？每個句子都會指向某個數量的參與者，但有些句子明明邏輯上要有的參與者，卻不能說出來！

　　無論是對象本人或是代名詞，英文和台語的句子中都有不能出現的參與者：

英文：

John is hard for us to please.

✕John is hard for us to please him.

台語：

春嬌叫志明坐落來。

✕ 春嬌叫志明志明坐落來。

「那天晚上，你為什麼不接電話？」Masusu 看著在線上辭典上東找找西找找的大元問道。

「妳有爸爸、媽媽嗎？」大元沒有直接回答 Masusu 的問題。

「爸爸？媽媽？」這兩個詞在 Masusu 的嘴裡有些生澀，「我知道你們用這兩個詞，指稱性交受精而生下你們的男性人類及女性人類。」

「妳的爸爸、媽媽會擔心妳吧？」

「在我們那裡，沒有爸爸媽媽，我們都是在孵化器中合成的。不過我們有兄弟姊妹，還有輔導，從小我們就被愛護著、呵護著。」

「他們怎麼還沒來找妳呢？」

「我們的船沒有發出求救信號呀！」Masusu 似乎對這個問題感到意外，「船體在可以自行修復的情況下，是不會發出求救信號的。」

「不過……他們不會擔心妳不見蹤影嗎？」

「擔心什麼呢？我已經不是小孩子了！我到哪裡去，什麼時候會回去，已經不必跟輔導報告了，也不必麻煩任何人。」

「妳聽起來……」大元嚥了口口水，「很獨立。」

「你……難道還是小孩子嗎？」

「呃……」大元偏著頭，想了想，以年紀來說，大

二的年紀已經不能說是小孩子了，不過，奇怪的是他並沒有「自己是大人」的感覺，好像很希望爸爸媽媽還能多管一管他。

　　但是，另一方面，當他透過離家出走引起爸媽的關注時，卻又特意迴避 —— 這是什麼矛盾的心理呢？

　　「所以，打給你的，是你的爸爸、媽媽，對吧！」Masusu 好像想通了什麼。

　　「他們根本就不關心我！」大元的話裡藏著憤怒。

　　「如果不關心，他們又為什麼會打電話找你呢？」Masusu 邊說邊想著：「大元應該還是地球人類中的小孩子吧！」然後，堅定地說：「我覺得他們是愛你的！」

　　「放屁！愛你的狗臭屁！」大元大聲地吼了出來！「愛我？整天不見人影，說什麼忙忙忙，只會匯錢給我！愛我？我根本看不出來！」

　　「看不出來的東西可多了呢！」Masusu 說：「就像宇宙裡的暗物質。」

　　「暗物質？」這個名詞似曾相識，但大元也說不出個所以然，只能裝懂，「暗物質有很多嗎？」

　　「整個宇宙有超過四分之一是暗物質呢！就好像在你們的語言裡，有很多明明在那裡，卻看不到、聽不到的成分。」

　　「又是你們藏在我們語言裡的祕密訊息？」大元嘆了一口氣。

「看你一副不相信的樣子。」Masusu 說：「你再記些詞下來吧！等下再一起試試是不是密碼。現在呢，就讓我來點出語言中的暗物質。」

「說吧！我不相信連這也能扯上關係。」

「有些時候，你們語言中的詞彙或詞組可以選擇性省略，像是你們東亞的許多語言裡都內建了可以省略主語不說的規則，譬如『我很喜歡』這句話，在交談的人都可以理解的情況下，可以用『很喜歡』帶過。不過，遇到像暗物質的情況，可是連說出來的可能性都沒有。」

「有什麼不能說的？祕密嗎？」大元瞥了 Masusu 一眼，「還是髒話？」

「要說明這點，那你得先知道每個動詞、形容詞都像劇本一樣，是有固定的參與者數目的。」

「參與者數目？」大元在語言方面還算有天分，「就像之前提到的『sái（駛）』要有開車的人，對吧！？」

「不只，還有被開的車！」

「不是人也算？……那『sái（駛）』就要有兩個參與者。」

「沒錯，所以像『咳嗽』就只有一個參與者 —— 咳嗽的人；『討好』也要兩個參與者 —— 討好別人的人及被討好的人。」

「OK，所以呢？妳說暗物質什麼的不能說出來，又是什麼情況？」

「像這句英文，」Masusu 的螢光板投射出下面的句子：

John is hard for us to please. 　　　　　　（英語）

　　「你仔細看看，」Masusu 說：「這個例子裡，有形容詞 hard 及動詞 please，分別需要幾個參與者？」

　　「這裡的形容詞 hard，要說完整的話，就是要指出『有 hard 性質的人』及『他是什麼事很 hard』，這樣算兩個嗎？」

　　Masusu 點點頭。

　　大元接著說：「所以分別是 John 這個人及 for us to please 這件事！」

　　「沒錯！但你看看 please，當中卻少了要被『取悅』的對象。」

　　「有少嗎？就 John 啊！在句子最前面！」

　　「剛剛不是說了嗎，這個 John 已經擔任了『有 hard 性質的人』這個角色。」

　　「我們怎麼知道不能一人分飾兩角呢？」

　　「你把 John knows that he has no money. 翻成台語試試。」

志明知影伊無錢。 　　　　　　　　　　　（台語）

　　大元給出上面的句子，又分析了起來：「『知影』有知情者『志明』及被知道的事『伊無錢』；『無』有缺乏者『伊』及缺乏的東西『錢』。看起來沒有少耶。」

　　「是呀，如果把句子裡的『伊』省略不說，這句子是不是怪怪的？換句話說：『志明』擔任了知情者的角色後，是不能再軋缺乏者一角的。」

　　大元這時正試者把剛才英文句子裡少掉的參與者加回去：

✗John is hard for us to please him.

✗John is hard for us to please John.　　　（英語）

　　「不行吧！明明少了一個參與者，卻不能出現！」Masusu 說。

　　「那也大概只有英文有這種情況吧！」

　　「我不是說了，這種暗物質在人類語言中不是特例！你再把 Mary asked John to sit down. 翻成台語看看。」

春嬌叫志明坐落來。　　　　　　　　　（台語）

　　Masusu 接著說：「『叫』是對應英文的『asked』，對嗎？叫人的春嬌及被叫的志明都有了，但『坐落來』

61

的人卻不能出現喔！」

　　邏輯上，那「坐落來」的志明就在那裡沒錯。不過，大元的確察覺到，不管是「志明」還是代名詞「伊」，都不能在句中現身：

✕ 春嬌叫志明志明坐落來。

✕ 春嬌叫志明伊坐落來。　　　　　　　　（台語）

　　大元一時間也無法反駁句中暗物質的事，只好摸摸鼻子，又開始在線上辭典上找那些出現在對話中對應的台語詞彙。

　　「大元！」Masusu 突然叫他。

　　「幹嘛？」大元抬起頭來。

　　「他們的愛，說不定也是暗物質，雖然看不到，但一直在那裡。」Masusu 很認真地說。

07
·
黑洞的力量

★代名詞省略，主語（主詞）和賓語（受詞）不一樣：

　　Key point：句子裡被省略的賓語（受詞），用法比被省略的主語（主詞）更受限。

　　和英語不太一樣，台語的代名詞通常可以省略不說，不過不同位置的代名詞省略之後，能指稱的對象竟然不太一樣……

　　像是這樣的對話裡，省略掉的賓語代名詞，就是指家豪：

春嬌：你有去問志明 -- 無？

　　　美玲 kám 有熟似家豪 --hannh ？

月里：志明講美玲無熟似 ＿＿。　　　　　　　（台語）

　　可是在這個情況下，如果不把賓語代名詞的「伊」說出來就怪怪的：

春嬌：你有去問志明 -- 無？美玲 kám 有熟似志明 --

　　　hannh ？

月里：我問 --ah，志明講美玲無熟似 ＿＿。　　（台語）

　　聽了這麼多「祕密」之後，大元仍然半信半疑，除了一邊提供形形色色的台語詞彙，讓 Masusu 試著去啟動太空船的引擎，在停下來休息的時候，大元也嘗試著要多問一些，但這並不是出於好奇，而是單純想看看 Masusu 的「故事」是否會因太過誇張而說不下去。

　　「你們在人類的語言裡插入『不能現身』的參與者，一如構成宇宙至少四分之一的暗物質……那……妳提到那些可以選擇性不說的參與者，又有什麼特別的安排在裡頭？」

　　「當然！沒有什麼是偶然的。」Masusu 說：「這個祕密，就藏在你們語言的賓語（受詞）代名詞省略之中。」

　　Masusu 繼續說：「我們用台語來舉例吧！或許我要的密碼會在例句中出現也說不定。你能給我兩個某人說什麼什麼的句子嗎？」

　　大元想了一會兒，提供了以下的句子：

志明講春嬌無熟似家豪。　　　　　　　　　（台語）

　　「現在，在『講』後面的句子裡，試著把主語及賓語分別換成代名詞。」Masusu 有如指導學生做實驗的老師。

　　「換成代名詞？妳是說把『春嬌』及『家豪』分別

換成『*伊*』嗎？」大元在 Masusu 點了頭後，在筆記本上
寫下另外兩個句子：

志明講伊無熟似家豪。

志明講春嬌無熟似伊。　　　　　　　　　　（台語）

　　「想想看，這兩個句子裡的『*伊*』，可不可以指『*志明*』或『*志明*』以外的其他人呢？」Masusu 問道。

　　大元側著頭想了一會兒，說：「兩句中的『*伊*』，都可以指『*志明*』或『*志明*』以外的其他人吧！」

　　「好，那現在把兩句的『*伊*』都刪掉試試。」

　　大元重新寫了兩個把「*伊*」拿掉的句子：

志明講 ＿＿ 無熟似家豪。

志明講春嬌無熟似 ＿＿ 。　　　　　　　　（台語）

　　「雖然『*伊*』省略了，但我們都知道那裡有個沒說出來的參與者，對吧？」Masusu 接著問道，「想像一下，在一般的情況中，這個沒說出來的對象，可不可以指『*志明*』或『*志明*』以外的其他人呢？」

　　這個「實驗」明顯比剛才的要複雜得多，大元得設想一下不同的情況：

春嬌：你有去問志明 -- 無？志明 kám 有熟似家豪 --
　　　hannh？

月里：我問 --ah，志明講＿＿無熟似家豪。　　　　（台語）

　　　「看起來，省略『講』後面的句子裡的主語代名詞，那個沒說出來的代名詞是可以指向『講』前面的主語『志明』的。」

春嬌：你有去問志明 -- 無？美玲 kám 有熟似家豪 --
　　　hannh？

月里：我問 --ah，志明講 ＿＿ 無熟似家豪。　　　（台語）

　　　「然後，如果照上面這個情況，沒說出來的這個代名詞，也可以指向『志明』以外的另一個人，像是『美玲』喔！」

　　　「好，現在換成剛才的第二句。」Masusu 邊說邊點了點頭。

春嬌：你有去問志明 -- 無？美玲 kám 有熟似家豪 --
　　　hannh？

月里：志明講美玲無熟似 ＿＿＿。　　　　　　　　（台語）

「像上面這個情況，沒說出來的那個代名詞也是可以指向『家豪』喔！亦即指向『志明』以外的另一個人是可以的。」大元接著思考另一種情況：

春嬌：你有去問志明 -- 無？美玲 kám 有熟似志明 --
　　　hannh？
月里：我問 --ah，志明講美玲無熟似＿＿。　　　（台語）

「嗯……有點難……我是說，這個對話裡，最後那個省略的代名詞，出現在這裡怪怪的。」大元說：「就好像……很想把『伊』說出來，不說出來好像少了什麼一樣。」

「因為賓語的省略，不是真的省略，是象徵著進入黑洞的事件視界裡，被黑洞吞噬掉的天體及光呀！」Masusu 的話，聽起來好像沒頭沒腦、沒來由冒出來似的。

大元迷惑地看著 Masusu，但 Masusu 沒有馬上補充什麼，大元只好把剛才的幾個狀況重新整理一下。

「『講』的後面，如果是主語代名詞省略，那就可以指向『講』前面的主語，或另一個人；但如果是『講』的後面賓語代名詞省略，那就只能指向另一個人，指不太到『講』前面的主語了。」

「你大可以去問問其他人，看看是否有一樣的反

應。」Masusu 這時才開口，「這種現象在任何語言的文法課或文法書裡，雖然沒教過也不提起，不過卻是我們寫進你們人類腦袋裡的語言規則。」

大元無奈地嘆了一口氣，「好吧！就算我相信我們的腦袋裡有這樣寫定的規則好了，這又和黑洞有什麼關係？」

Masusu 的嘴角微微地上揚，這是大元第一次清楚地看到她笑。

Masusu 說：「你沒發現嗎？省略不說的賓語，只能指向句子以外的第三人，就好像這個賓語被吸到句子以外，進入了黑洞的事件視界，被黑洞所吞噬，消失了！」

Masusu 一邊說，一邊照著大元在筆記本上的句子，在螢光板上寫出下面的句子並投影出來：

大元看著空氣中發亮的句子，無意識地說：「移到前面，然後刪掉……就像被吸走，不見……」

「說真的，這有點玄……」大元心裡想著，而且一邊想像著外星人是怎麼把這樣的規則放進人腦裡的。

一旁的 Masusu 已經把大元的筆記本拿走；現在她也

知道怎麼用網路辭典了，正一個詞一個詞地試著，希望
其中有啟動引擎的密碼。

08
·
黑洞與蟲洞

★發音類似，但用法大不同的台語詞：

Key point：台語的 kah（佮）和 kā（共）是「雙向道」及「單向道」的差別。

其實我不太會分這兩個詞的聲調。總之，如果是單向做動作，就是讀成低低的「kā（共）」，如果是雙方互動的行為，就讀成降下去的「kah（佮）」。

像是下面這些：

伊 kah 我參詳。／✕ 伊 kā 我參詳。

伊 kā 我講 --ah。／✕ 伊 kah 我講 --ah。

志明 kah 春嬌相拍。

志明 kā 春嬌拍。　　　　　　　　　　　　　　（台語）

第三天下午，大元的 a-má 撥了大元的手機。

「恁老爸老母揣你無 --neh ！」A-má 劈頭就是這一句話。

大元可以想像，爸爸和媽媽有多麼不願意打給 a-má 要她幫忙，即使打了，應該也是又在電話中又大吵了一架吧。

「A-má，你免管 --lah ！我 tsit 站仔咧無閒 kah 一个朋友鬥相共，我若想 beh 轉 -- 去，就會轉 -- 去 --ah--lah ！」

大元一邊說，一邊隨意地從兩個人的對話裡摘出一些詞彙寫在筆記本上。

「你講啥？啥物號做『無閒 kah 一个朋友鬥相共』？」

「A-má ！是你無熟似 ê 朋友 --lah ！」

「毋是 --lah ！我是講，你按呢講 kám 著？你毋是 kā 我講你 beh 去考台語檢定？啊你煞連『kā』hām『kah』to 袂曉分？」

大元這才知道，是 a-má 的「台語老師魂」上身，在糾正他的語法錯誤。

本來大元嫌麻煩，想呼嚨過去，但想到這段時間可能會麻煩 a-má，只好假裝認真起來。

「Eh……a-má，你緊 kā 我教 -- 一 - 下，我有影聽

無你 ê 意思。啥 mih『kā』hām『kah』--hannh？」

「Aih！我昨昏 tsiah 佇面冊看著一篇文章 --neh！講『kā』hām『kah』就是『單行道』kah『雙向道』ê 差別，簡單講，就是『kā』是『有去 --ê 無翻頭 --ê』，啊『kah』是『有來有去』按呢。」

大元把 a-má 給的例子都寫到筆記本上了：

伊 kah 我參詳。／✕ 伊 kā 我參詳。

伊 kah 我開講。／✕ 伊 kā 我開講。

伊 kā 我講 --ah。／✕ 伊 kah 我講 --ah。

志明 kah 春嬌相拍。

志明 kā 春嬌拍。

✕ 我 kā 伊結緣。／我 kah 伊結緣。

✕ 我欲 kā 伊輸贏。／我欲 kah 伊輸贏。 （台語）

大元這才發現，像「tsham-siông（參詳）」、「khai-káng（開講）」、「sio-phah（相拍）」這類雙方有來有往的動詞，兩個參與者之間要用「佮（kah）」；而「kóng（講）」及「phah（拍）」這種單純一方對另一方進行的動作，則要用「共（kā）」。

「『有去 --ê 無翻頭 --ê』……『有去無回』，就像黑洞一樣。」

前一天才聽 Masusu 講了黑洞的事，掛上電話後，大元下意識地說出這樣的話。

「所以另一個『kah（佮）』就像『有來有往』的蟲洞。」一直在旁邊聽的 Masusu 補了這句。

「蟲洞？」

對大元來說，黑洞這個詞不陌生，但對於蟲洞就不太清楚那是什麼樣的物事了。

「等一下！」大元好像突然想到了什麼，說：「台語的『kā（共）』及『kah（佮）』，有著黑洞與蟲洞的對比，這……該不會也是你們放進我們腦袋裡的暗示吧？」

聽到大元這麼說，Masusu 這次笑了開來，說：「不不不，我們通常不會去管你們怎麼造詞，你們的語言裡，什麼東西、什麼概念要怎麼說，完全是你們自己約定俗成的。」

「嗯……妳的意思是這個黑洞、蟲洞的對比，純粹只是個巧合囉？」大元問道。

「你們腦袋裡寫好的語言規則，是會與詞彙的性質互動的，就好像化學的規則會因物質的化學性質而觸發或不觸發一樣。」

Masusu 頭也沒抬地在螢光板上試著大元寫下來的台語詞彙，「lāu-pē、lāu-bú、bô-îng、tàu-sann-kāng、sik-sāi、tsham-siông、khai-káng、kóng、sio-phah、

phah、kiat-iân、su-iânn……」

　　看情況，今天仍不是 Masusu 可以告別地球啟程返家的那一天。

09
·
「這決定會考喔！」
（Tse kuat-tīng ē khó--ōo!）

★「V 著」、「V 了」與「V kah」：

　　Key point：「kah」、「了」、「著」的用法差異。

　　台語動詞加「kah」「了」及「著」的用法不太一樣，不過太細微，說不定 a-má 自己也不知道！感覺起來，和「時間」經過的情況有關係。

　　「kah」很多地方都可以用，

笑 kah 攬腹肚

睏 kah 飽眠

志明哭 kah 驚天動地　　　　　　　　　　　　　　（台語）

　　這些有的可以換成「了」，有的可以換成「著」。

　　「笑」跟「哭」適用「著」、「了」、「kah」的情況也不一樣，或許不同的情緒對我們來說有不同的時間結構。

臨時編出來的藉口，卻讓身為台語老師的 a-má 當真了！

這或許是 a-má 心中某個蒙塵的情感開關被觸動、被重新開啟了。

這個在台北的孫子，這個她曾經帶過好幾年，到台北卻逐漸把台語遺忘大半的孫子，突然間會打電話問她台語的問題，而且還說要考台語的檢定，這一切背後最可能的原因，應該是想重溫自己與 a-má 之間的連繫，並好好地修補完整吧！

「A-má！我人好好，你免煩惱！」大元在電話中告訴 a-má。

「啊你 beh 去考台語，有一項是決定會考 --ê，你 kám 知？」

「一定會考 --ê？是啥？」大元就當成這一切是在幫 Masusu 蒐集可能的密碼，所以就把手機開了擴音，拿著筆記本及筆繼續配合演出。

「『V 著』啊！」

「A-má！這我知 --lah！就是『我有看著春嬌。（Guá ū khuànn-tio̍h Tshun-kiau.）』這个『看著』。」

「毋是！你這個『看著』是華語 ê『看到』，這逐家嘛會曉，我講 --ê to 毋是這！」

大元一邊聽 a-má 解釋，一邊在筆記本上把 a-má 說的句型寫下來。

阿元學著真緊。

Lê-bóng 食著酸 ngiuh-ngiuh。　　　　　　　　　（台語）

「愛注意 --õo！『看著春嬌』ê『著』有變調，若 tú-tsiah tsit 兩句 ê『學著真緊』kah『食著酸 ngiuh-ngiuh』內底『著』無變調 --õo！」

大元想到 a-má 方才說台語的「看著春嬌」是華語「看到春嬌」的意思，但後來這兩句話顯然意思不太一樣，因為如果照著換成「學到」、「吃到」，那得到的華語都是壞句子：

✕ 阿元學到很快。

✕ 檸檬吃到酸溜溜。　　　　　　　　　　　　　（華語）

「難怪後面這兩句台語的『著』都不變調，因為用法不一樣。」

「你想看覓，這兩句若 beh 翻做華語，愛按怎翻？」a-má 問大元。

大元想了一下，這兩句話要翻成華語，應該像下面這樣吧：

阿元學得很快。

檸檬吃起來酸溜溜。 （華語）

　　翻完之後，這才發現原來「著」不變調的時候，又再區分為兩種用法哩！

　　「A-má！上尾 tsit 句我知！就是講話 ê 人咧講家己 ê 感覺 --luh，著 -- 無？」

　　「無毋著！若是關係咱人感受、感覺 ê 動詞，親像『食、鼻、摸、聽、想』tsia--ê，加『著』了後，後壁接--ê，其實攏是講 tsit 句話 ê 人 ê 感覺、感受。」A-má 這麼回覆。

　　「毋過 a-má，我若 beh 用台語講『學得很快』，我會講『學 kah 足緊』，啊！閣有，有時仔我聽 -- 著 --ê 是『學了足緊』，按呢，『學著足緊』、『學 kah 足緊』hām『學了足緊』，kám 是攏全款 ê 用法？」大元六歲前在 a-má 身邊的全台語生活，果然在他的腦袋瓜裡留下不可磨滅的痕跡，就好像安裝了某個語言的程式，只差是沉睡還是被喚醒。

　　A-má 既然刻意打來提示考點了，當然是有備而來，以下就是她在電話中唸給大元聽的句子，有的好，有的不好。在唸之前，她還特地要大元想一想，我們要如何由這些好句、壞句來歸納出動詞加「kah」、「了」、「著」在用法上的差異。

以下是這幾組 a-má 給的句子：

春嬌笑 kah 攬腹肚。
✗ 春嬌笑了攬腹肚。
✗ 春嬌笑著攬腹肚。 （台語）

睏 kah 飽眠 tsiah 有精神。
睏了飽眠 tsiah 有精神。
✗ 睏著飽眠 tsiah 有精神。 （台語）

志明哭 kah 驚天動地。
✗ 志明哭了驚天動地。
志明哭著驚天動地。 （台語）

　　A-má 問的這個問題明顯超出大元一時所能應付，大元把句子都抄到筆記本，也做了註記，但盯著句子過了好久，他還是沒有什麼線索。

　　另一方面，a-má 卻一句不吭，看起來 a-má 就不是個只會灌輸標準答案的老師，而是個透過提問，希望學生能自己探索、思辨的蘇格拉底再世。

　　Masusu 一直靜靜地在旁邊沒有出聲，聽著大元及

a-má 來來回回的討論，漸漸抓到這些句子當中詞彙的意思。

「所以動詞加『kah』幾乎沒有什麼限制，差不多可以用在任何的情況。」Masusu 突然出聲，大元嚇了一大跳。

「咦？大元，你跟女朋友在一起喔？」難得 a-má 說華語。

「啊……呃……不是啦！A-má，她是我剛認識的朋友啦！」

「你 ài 對人 khah 好 --leh！M̄-thang 欺負 -- 人 -- heh！」a-má 輕輕笑了幾聲，「你若想著這三个按怎分，tsiah khà hōo-- 我。」說完就掛了電話。

Masusu 若無其事地對大元說：「至於動詞加『了』，在『了』後面的描述或結果通常是動詞的動作或狀態已過了一段時間或已經來到尾聲了；而動詞加『著』，『著』後面的描述或結果就通常是動詞所說的動作剛發生或發生不久的情況。」

「嗯，所以……」大元還盯著筆記本上的句子，「捧腹大笑，既不是快笑完才捧腹，也不是一笑就捧腹，這樣的話『笑了攬腹肚』及『笑著攬腹肚』就都顯得沒那麼合適。」

「對呀！你再看第二組句子，」Masusu 接著說：「要睡飽，除非有什麼特殊的技術，不然一定是要睡了一段

時間或甚至睡眠進入尾聲，也因此『睏了飽眠』比較適合，『睏著飽眠』就不太適合。」

「那『哭了驚天動地』呢？A-má 說這句不好，又是為什麼？」

「如果一個人嚎啕大哭，那種激烈的表現並不需要哭了一段相當時間或快哭完才能表現出來吧？」Masusu 隨後俏皮地說：「你可以撥電話給 a-má，告訴她有答案了。」

「要撥妳自己撥！」大元不理她，一邊在心裡盤算著要怎麼向 a-má 解釋他離家出走後，為什麼跟一個女生在一起。

10

·

星星加星星等於星星？

★台語裡複合成詞的限制：

Key point：台語中有些詞可以直接複合成一個詞，有些詞不行，但華語就隨便。

Masusu 用星星彼此碰撞而融合來譬喻「複合詞」，看起來華語真是亂撞亂融合一通，而 a-má 的老台語就「安全」多了。台語複合詞，常常要加「kah（甲）」或「hōo（予）」，像「罵 kah 哭」、「飼 hōo 飽」。

但也有「刣死（thâi sí）」和「摃破（kòng phuà）」這種可以直接組合的，不過我其實抓不太到 a-má 的語感。

漫無目的試著、試著，到了第四天，大元突然想到：「喂！我們應該再擴大一下詞的來源吧！像是……看看最近的新聞，然後，把新聞裡的詞都翻成台語試試看。」

「只要能找到密碼，用什麼方法都好。」Masusu 答得無精打采。

大元從手機開了網頁瀏覽器，開了《自由時報》的網站，映入眼簾的頭條新聞是：「北市東區債務追殺，幫派分子憑空消失。」他隨手記下「北市」、「東區」、「債務」、「追殺」等等字詞，準備等下找對應的台語詞。

點進這篇新聞後，讀著、讀著，這才發現新聞描述的場景就在這一帶，主角是個積欠地下錢莊上千萬的上班族，因為看到追債的人在家門前等候，明明到家了卻轉身逃跑，於是雙方一路從羅斯福路飛車追逐到了忠孝東路。眼見車流量大難以逃脫，債務人下車跑進巷子裡，瑟縮在一家餐廳廚房的好幾個大廚餘桶後面的暗處，他聽見討債的幫派分子四處吆喝找人的聲音經過，躲了一個多小時不敢出來，然後才打了電話報警。

警方到了現場，調出一路上的監視器，確認暴力討債七、八個年輕人的衣著長相，但奇怪的是捷運忠孝敦化站附近五百公尺方圓的監視器，在下午四點過後，突然都故障了，導致警方按監視器影像追人的線索有了斷點，而這幾個小混混就在這個區域像人間蒸發一樣，沒了蹤影。

根據專家研判，這次監視器集體故障，跟瞬間強大的電磁波衝擊有關。

　　「電磁波」、「衝擊」，大元在記下這些詞彙的時候，突然領悟道：「是妳的太空船啦！Masusu！難怪監視器會一起壞掉！」

　　接著，大元心中一凜，他站了起來，走出太空船，算了算在地上的衣蛹數量，一、二、三、四……八個沒錯！看起來，那八個小混混是真的人間「蒸發」了。

　　「Masusu，我覺得這樣子找詞也不錯，不過，有些詞我不確定台語怎麼說，搞不好有不一樣的說法……」大元停了一下，「唉！」他嘆了一口氣，他想得到的，也只有問 a-má 了。

　　「Uế，a-má，你 kám 會當 mài 問我 Masusu ê 代誌，咱 kan-na 討論台語就好？」

　　「Ooh，你講伊號做啥？啥 mih『suh』？伊毋是咱台灣人 --hioh ？」

　　「A-má ！我毋是講 mài 問 --ah ！」

　　「好 --lah ！你家己注意安全，嘛 ài kā 人顧 hōo 好 --neh。」A-má 說完，電話兩邊沉默了半分鐘。

　　「A-má，我是 beh 問，華語 ê『追殺』，台語按怎講？」

　　「戇囡仔，to『tui-sat（追殺）』-- 啊！」

「咦？A-má，我記得妳跟我說過，那個同樣的漢字，有台語讀音、有華語讀音、有客家話、廣東話的讀音，也有日語讀音、韓語讀音和越南語讀音，這個『tui-sat（追殺）』，好像只是把『追殺』兩個漢字用台語的讀音讀出來而已耶。」

「所以 --leh ？」A-má 問道。

「我是想說……『追』台語一般說成『jiok（逐）』，『殺』台語說話會說『thâi（刣）』，那不是應該是『jiok-thâi（逐刣）』嗎？」

「這就心適 --ah ！有一寡華語詞看著好勢好勢，毋過佇台語無 kā 當做一个詞來用 --ōo ！」

一時之間要找例子也不容易，a-má 過了半個小時才打電話過來，給了以下的華語詞：

罵哭、躺平、吃膩、嚇哭、餵飽、唱哭、累病　　（華語）

大元在心裡把這些詞一個一個翻成台語：

罵哭（mē-khàu）、髲平（the-pênn）、食 siān（tsiàh-siān）、hennh 驚哭（hennh-kiann-khàu）、飼飽（tshī-pá）、唱哭（tshiùnn-khàu）、忝破病（thiám-phuà-pēnn）

　　　　　　　　　　　　　　　　　　　（怪怪的台語）

老實說，他沒有太多感受。根據 a-má 的說法，在句子裡直接使用這些複合詞，會聽起來很奇怪，比較好的做法是在中間插入「kah（甲）」或「hōo（予）」，變成像「罵 kah 哭」、「骹 hōo 平（the hōo pênn）」、「食 kah siān」、「hennh 驚 kah 哭」、「飼 hōo 飽」、「唱 kah 哭（-- 出 - 來）」、「忝 kah 破病」這樣。

下面是大元在筆記本上寫下的幾個對比：

✗Masusu 足歹，伊 kā 大元罵哭 --ah。

Masusu 足歹，伊 kā 大元罵 kah 哭。

✗A-má 家己無先食，伊先 kā 大元飼飽 tsiah 食。

A-má 家己無先食，伊先 kā 大元飼 hōo 飽 tsiah 食。（台語）

「A-má，可是我記得我明明聽過妳說話的時候，說過像『刣死（thâi sí）』和『摃破（kòng phuà）』還有『洗清氣（sé tshing-khì）』⋯⋯」

A-má 回答說：「無毋著！有一寡組合佇咱台語就無問題，親像：」

伊刣死我的兄哥。

摃破愛賠！

手洗清氣 thang 好食飯 --ah。　　　　　　　　　（台語）

　　至於有哪些詞在台語可以直接複合成一個詞，哪些詞不行，這就超出 a-má 所能回答的能力範圍了。

　　大元想了想，說台語的人可是從來沒有一起開過「複合詞共識大會」，所以如果其中有什麼共享的語感，一定跟 Masusu 這些外星人放進地球人腦中的語言規則有關。

　　不過，看起來這些規則的運作也不是「全人類一體適用的」，比如：雖然台語口語的「逐创（jiok-thâi）」个行，但換成非台語口語的「追殺（tui-sat）」就沒有問題了。還有，就算老台語人都默認遵守這個構詞規則，像大元這些說華語說習慣的一代，如果硬要把「沒什麼限制」的華語構詞規則套用在台語上，恐怕外星人也不會出手干涉吧？

　　大元想到這裡，心中有種促狹的感覺，嘴角也因此上揚。

　　「你們如果喜歡星星可以隨意相碰彼此毀滅再造新星，我們也是沒什麼意見的。」Masusu 突然出聲，嚇了大元一大跳。

　　大元呆了一會兒，才理解 Masusu 的意思，「星星和星星，真的會彼此碰撞、融合嗎？」

　　「會，但要有一定的條件。比如距離上十分接近、兩顆恆星組成的聯星系統，或兩顆哀退的中子星等等。但要認真說起來，在宇宙中，星星彼此碰撞而融合，相

對上是稀少的。」

　　大元心想：「所以像台語這樣的語言，暗示了星星之間碰撞與融合不是毫無限制，而是有條件的。」

　　他對這個複合詞形成的限制沒有興趣探究，畢竟這個「新聞搜詞法」找到的可能密碼還真不少。

　　「快！來試試看這些詞能不能啟動引擎。」大元說：「還有幾個詞，我等下再打給 a-má 確定一下。」

11
·
詞與詞的相互牽引

★歐洲的語言有詞尾變化，台語的詞彙也有看不見的呼應牽引：

　　Key point：台語的疑問句會因為「是」的出現被干擾。

　　「Kám」一定要比「是」更前面，句子用「-- 無？」結尾的話，主語（主詞）最前面就不能加「是」了，可是華語的「嗎」問句沒這樣的限制。

　　像這樣：

✖ 是志明提著 hit 个獎 -- 無？

✖ 是志明 kám 提著 hit 个獎？

志明 kám 是提著 hit 个獎？

Kám 是志明提著 hit 个獎？　　　　　　　　　　（台語）

　　對大元來說，聽了這些宇宙的林林總總，最吸引人的還是「黑洞」。別說大元或一般人了，連天文學家也對黑洞充滿好奇呢！好幾年前，天文學家為了成功幫某個黑洞照了張模模糊糊的相而歡欣雀躍不已。

　　「A-má 之前提到『kā（共）』和『kah（佮）』的用法不同，妳說就像黑洞和蟲洞的對比。」大元問道，「我是覺得……大小星系的運轉，星星之間彼此牽引，應該是宇宙裡滿普遍的事，不過你們卻忘記把這件事刻劃在我們的語言規則中了。」

　　「誰說我們忘了？」Masusu 回道，「你們自己對語言也有類似的觀察，只是你們缺乏想像力去聯想在一起而已。」

　　「喔？有這種事？」大元問道。

　　「就我所知，你們人類的語言裡有不少詞與詞連動、相互影響的情況，像英文的主語跟動詞……啊！我們昨天在網路上亂找，不就發現台灣人學英語有個口頭禪：『第三人稱單數加 s』。」

　　「這是什麼連動？」大元剛問完，就自己懂了，在現在式，主語是第三人稱又是單數，會跟動詞有互動，影響動詞的形態。

　　Masusu 看了大元的表情，知道不必多做解釋，「英語的主語與動詞互動，變化算少的，其他的語言，像義大利語、西班牙語，那真的是一個人稱一種變化，而且

還會因為現在及過去的時態各有不同。」Masusu 停了一下，確定大元有跟上，「甚至，另外有些語言，是賓語（受詞）與動詞之間有連動的，比如你們台灣的魯凱語。」

大元露出狐疑的眼神，「為什麼你連這種事都知道？」

「很簡單呀！」Masusu 把手機舉高搖了搖，「搜尋 object agreement Formosan language 就有資訊了！」

「Guá lí leh ！妳什麼時候拿了我的手機！」大元跳了起來，伸手要把手機搶過來。

Masusu 白了他一眼，「手機裡是有什麼祕密怕別人知道嗎？」

大元有點生氣，就故意找起碴來，「哼！妳說主語或賓語與動詞互動、呼應，那還不都只限於歐洲的語言！我們台語就沒有這種詞尾變化，所以……你們也不過如此，你們就是控制不了我們台語的語言規則。」

「On ne voit bien qu'avec le cœur. L'essentiel est invisible pour les yeux.」Masusu 說出一段大元聽不懂的字句。

「講不過我就說外星話了嗎？」

「真正重要的東西，眼睛是看不到的。」Masusu 這樣回應，「雖然台語看不見主語與動詞、賓語與動詞的互動與呼應，不過我相信詞與詞之間的互動還是可以感受得出來的。」

「比如？」大元故意戴上挑剔的嘴臉。

「比如問句。」

「什麼？」

「疑問句。」

「為什麼要看疑問句？」

「因為疑問句本身帶有特別的念力，會對句子裡頭其他成分的彼此互動造成干擾。」

「嘖。」大元心想：「這真是我聽過最離譜、最好笑的話了。」

Masusu 接著問：「你們台語最典型的問句是什麼？」

「喔，不如讓我 a-má 來告訴你吧！」大元索性撥了電話。

A-má 接到這個「用功」的孫子的電話，又聽到他問到台語的問句，心中的「台語教師魂」馬上爆發，說：「阿元，你若去考台語檢定 --honnh，上要緊的，就是不管是口說測驗 ah-sī 書寫測驗，絕對毋好用『啥 mih 啥 mih ma ？』這款問句 --õo ！Tse 是華語，毋是台語，會 hōo 人扣分 --õo ！」

「Ooh ！A-má，你是講袂使講『你會曉講台語 ma ？』，是 -- 無？」

「Hennh，除非是『mah』，咱台語若講『你會曉講台語 --mah ！？』」He 意思是袂輸『你哪毋較早講 --leh，

你 to 會曉台語哩。」若無就是『我拄才就講 --ah，有影 to 著，你會曉台語 --lah ！』按呢，是反問的語氣。」

「A-má，啊我若單純 beh 問『你會說台語嗎？』愛按怎講 tsiah 袂予人扣分？」

「Ai-ioh ！你明明會曉 --ê-- 啊！」

A-má 提供的，就是大元也很熟悉的兩個句型：

你會曉講台語 -- 無？

你 kám 會曉講台語？　　　　　　　　　　　（台語）

跟 a-má 確定了句型，大元準備好繼續拷問 Masusu 了，但 Masusu 卻一副好整以暇的姿態，說：

「It is John who won the prize. 你會翻成台語嗎？」

大元先在心裡琢磨了一回，想了想華語會怎麼說，才再翻做台語：

是志明贏得了獎項。　　　　　　　　　　　（華語）

是志明提著 hit 个獎。　　　　　　　　　　（台語）

「我把人名換掉了嘿！」大元說。

「那就照著剛才 a-má 教你的，把句子改成問句

吧！」

　　大元於是在筆記本再寫下這三個句子：

是志明贏得了獎項嗎？　　　　　　　　　　　（華語）

✗ 是志明提著 hit 个獎 -- 無？　　　　　　　　（台語）

✗ 是志明 kám 提著 hit 个獎？　　　　　　　　（台語）

　　大元覺得第三個句子很不好，第二個句子他自己不太確定，還特地又問了 a-má。有趣的是華語的「嗎」問句可以，但在台語兩個用途上對應的問句都不行。

　　「所以我猜問句會因為干擾句子裡某些成分的互動，造成句子變不好，沒錯吧！」Masusu 得意地說。

　　大元一時間也沒什麼線索，只能追問：「妳只是亂猜而已！不然妳說啊！是哪些成分的互動被干擾了？妳說啊！」

　　「我猜……如果你把句了裡的詞彙做個調動，然後句子會變好的話，應該就可以找出來了。」

　　大元試了好一會兒，覺得第三句比較容易，以下是調動的結果：

志明 kám 是提著 hit 个獎？

Kám 是志明提著 hit 个獎？　　　　　　　　　（台語）

Masusu 比對了一下原來不好的句子，以及兩個調動後變好的句子，說：「你看吧！這個『kám』明明就跟『是』在互動，雖然沒有什麼詞尾變化，但順序上、位置上，卻有一定的規則，不然兩個就要鬧彆扭！」

　　大元從來沒認真想過「台語」有什麼「規則」，不過 Masusu 這一番像變魔術一樣的操作，好像台語裡還真的有什麼成分會互通聲息哩。

　　「這個 Masusu，說得一副煞有其事的樣子。」大元心裡想。

12
·
語法的平行宇宙

~大元筆記摘要~

★兩個參數、四種類型：

　　Key point：看似紛亂的語言現象，其實可以從少數幾個面向做出歸納。

　　太難了！所以不能怪我聽到睡著。反正主語代詞的省略規則，跟一個語言有沒有使用很多定冠詞，還有動詞詞尾變化多不多有關係，就這樣。

　　Masusu 那時候好像有秀出一個表格，但我真的太想睡了，不曉得還有沒有機會再看到。

　　第五天一早灰濛濛的天上落下大雨，厚厚的雲層好像弄髒了的棉被拼成的巨大布幕，把天空隔絕在後面。大元從太空船的小窗裡望出去，心裡想：「如果這時候天上的什麼星體決定不照著規則運行了，在布幕後面的我們一時之間也無法察覺吧！」

　　大元看著正在把一堆字詞輸入螢光板的Masusu，說：「妳總是說什麼規則不規則的，不過，妳這個說法其實有個很大的破綻。」

　　Masusu頭連抬都沒抬，「什麼？」

　　「如果你們在我們人類的腦袋裡真的寫了什麼語言的規則，那就奇怪了！為什麼這麼多語言的文法都不太一樣！」大元說：「而且更好笑的，是我覺得說同一個語言的人，也不見得心裡的規則都一模一樣。」

　　「所以你不知道什麼是平行宇宙吧？」

　　Masusu這句話聽來沒頭沒腦的，大元登時呆住了。他想了一下，才想到很多電影裡都有多重宇宙、平行宇宙的觀念，「那和語言有什麼關係？」

　　「就像多重宇宙因為不同的參數設定而各不相同，你們數千種的語言差異，乃至群體及個人的語言歧異，很大程度上，反映的也只是參數設定的不一樣而已。」

　　「Masusu！」大元笑了出來，「妳會不會是電影看太多了！」

　　「電影也部分反映了你們人類科學發展的方向吧！」

人類科學家在量子力學研究上提出多種世界的理論，離現在都已經六、七十年了。」

「量子力學？」大元好像抓住了把柄一樣，「妳少唬我了！我有個朋友就是讀物理系的，那就是數學推演的理論而已，沒有證據好嗎！」大元故意提高音量，「沒·有·證·據！」

「如果現在是你們人類的二十一世紀初或更早，你這麼說，我還不得不承認：你們人類還沒找到什麼證據。」Masusu 撇了撇嘴。

「喔？意思是妳有證據？」

「還用不著我們的證據，你們人類的威爾金森微波各向異性探測器的觀測資料，你不知道吧？」

大元把手機上的網頁瀏覽器打開，問道：「什麼威？什麼金森？」

「你打四個字母 W、M、A、P 的縮寫就找得到了。」

大元的確是找到了網頁，但資料量大到他只想略過。

Masusu 說：「如果平行宇宙是 Big Bang 之後的許多小泡泡，那在膨脹初期，泡泡間的碰撞就會在宇宙背景輻射的地景上留下溫度足跡……」

「等一下！停～！」大元大聲地喊了出來，「夠了夠了，這些東西老實說我沒什麼興趣，也聽不太懂。」

「好吧！總之，你們在語言上的分歧，其實是不同

的平行宇宙之間不同參數設定的反映。」

「又是你們的傑作？」

「信不信由你！」

「少來！不同的語言、不同的方言，有什麼參數設定？」

「多了！」Masusu 自信地說：「別的不提，我們之前不是提過主語（主詞）跟動詞的呼應嗎？」

「嗯，然後呢？」

「你們人類的語言，在主語（主詞）代名詞可不可以隨意省略上，其實就是設定了兩個參數，因而分成了四種類型。」

「呵呵，好玄耶！真會掰！」大元還是帶著訕笑回應，「哪兩個參數啊？」

「第一個參數是定冠詞多不多，第二個參數是動詞的詞尾變化豐不豐富。」Masusu 煞有其事地說了下去，甚至還拿出螢光板按了按，投影出下面的表格：

定冠詞豐富	動詞詞尾變化多	語言類型	語言例子
＋	＋	主語代詞可任意省略	義大利語、希臘語
＋	－	主語代詞不可省略	英語
－	＋	主語代詞省略有人稱等限制	俄語、芬蘭語
－	－	主語代詞是否省略由語境決定	台語、日語

Masusu 一邊解釋、一邊還舉例，好一陣子沒聽見大元抗議的聲音，直到聽見細微的鼾聲。

「人類果然在科學發展上還是相當資淺的生物！」Masusu 中止了她的簡報。

大元在夢裡，則夢見 a-má 在跟他解釋台語在人類語言當中的類型特徵及特殊性。

13.

惰性物質？惰性詞彙？

★偷偷參與句子運作的否定詞：

Key point：不否定句子的否定詞，其實傳達了言外之意。

沒想到不同的語言裡，都有不否定的否定詞用法，想起來很奇怪，這應該不是外星人陰謀的一部分吧？

像是 a-má 以前最常唸我的：

> 你無食飯進前，就偷食四秀仔！
> 你食飯進前，就偷食四秀仔！　　　　　　　　　（台語）

不管有沒有否定詞「無」，都一樣在罵我飯前偷吃零食……

大元醒過來的時候，下了一早上的雨已經停了，太空船的門開著，從外面飄進來溼溼的雨水浸溼老舊水泥塊與泥土沉悶的味道。

「你沒打算回家，但我可是很想回去！」Masusu 狠狠地瞪著大元。

「怪我囉！」大元打了哈欠，「我們這幾天也試了上千個詞了吧！而且，如果不是妳講起那麼無聊的東西，我也不會像上課的時候一樣昏睡過去。」

大元的電話突然響了起來。

「Uē，a-má，……有 --lah！……Eh…to 咱一般食袂著……足好食 ê mih-kiānn。……毋是！He 毋是四秀仔 --ōo！……好 --lah……好 --lah……我知。」

「你 a-má 找你？」

「就她說我爸媽擔心我在外面沒好好吃飯，所以打來問我都吃些什麼，」大元眉頭皺了一下，「我要怎麼說？外星食物？」

「我剛才聽到一個詞，叫什麼『sì』的，那是什麼？」

「就『四秀仔（sì-siù-á）』，台語的點心。」

Masusu 看著大元在線上辭典查到的結果，在螢光板上試著輸入，沒有意外，這也不是密碼。

「這個詞我超熟的，因為以前 a-má 常跟我說一句話。」

> 你無食飯進前，就偷食四秀仔！ （台語）

　　大元接著說：「這句話熟到一個程度，即使我長大了，但每次飯前吃點心，a-má 的這句話都會在腦中又浮出來罵我，唉……」大元握拳敲了敲自己的頭，「不過，這句話根本沒有邏輯可言！有『無』或沒有『無』，好像 a-má 都一樣在罵我耶！」

　　大元喃喃自語：

> 你無食飯進前，就偷食四秀仔！
> 你食飯進前，就偷食四秀仔！ （台語）

　　「我猜這個『無』是否定詞，對吧？」Masusu 一邊用螢光板在空中投影，一邊說：「這沒什麼，其他語言也有這種有或沒有都不影響意思的否定詞。」

> Não é que o João vendeu o carro para a Maria!
> 　　　　　（巴西葡萄牙語：John 把車賣給了 Mary。）
> Je crains qu'il ne vienne. （法語：我很擔心他會來。）
> 差一點沒死掉！ （華語）

　　大元看了看，「呃……這個華語句子我懂，但另外那兩個語言我沒學過嘿！」

　　「只要一個提示，你就能抓到重點！」Masusu 說：「在巴西葡萄牙語及法語的句子中，『não』及『ne』都是否定詞，可是句子本身並沒有否定的意思。」

　　大元想了一下，「就好像華語句子裡有個『沒』，可是……其實這個『沒』拿掉，變成『差一點死掉』，句子意思也沒改變，是嗎？」

　　「沒錯！你們人類的語言中，常常有這種『否定詞』卻不否定的現象，就好像不太參與化合反應的惰性物質一樣，表面上看來，這些『否定詞』也不參與句子的組合，似乎沒貢獻出『否定』的意思。」

　　「等一下！」大元好像想到了什麼，「所以這種『不參與句子運作』的否定詞，也是你們的陰謀？」

　　「是呀！是我們好意給你們關於惰性物質的暗示。」

　　「屁啦？這也太好笑了吧！」

　　「因為我守信用！」Masusu 說：「我答應用這宇宙的祕密作為交換，所以我不想跟你做無謂的爭吵。」

　　Masusu 清了清喉嚨，又說：「但從現在開始，你必須要更有進度！每天不能提供我少於 400 個詞，而且，不能重覆！」

　　「我看……我去圖書館借幾本台語詞典回來好了，妳就一個詞、一個詞去試。」

「可以呀！你 20 分鐘內回來，不然就在外面炸個稀巴爛吧！」Masusu 說完嘟起了嘴。

Masusu 的話說得毫不留情面，但大元看著她，心裡卻有一種奇怪的愛憐感受，難道是因為兩個人都是有家歸不得的孩子？

「妳急著回家，是因為有人在等著妳嗎？」大元這樣問。

「我不是說過了嗎？我的行蹤不必跟誰報告。」

「說得好像妳很獨立似的，跟誰都沒關係，哼！」大元有點不服氣。

「你還不工作嗎？你今天還欠我 350 個台語詞！」

「好啊！拿祕密來換呀！」

大元心裡想的是拖延時間，畢竟找詞找密碼的工作又無聊又累。

「你想知道什麼？」Masusu 問。

「妳剛才說的那個給我們的暗示是什麼？」

「那個暗示就是：宇宙裡是有些看起來跟誰都不太有關係的物質，但其實並不是真的和別的物質毫不起作用，就像剛才的那些否定詞一樣。」Masusu 接著說：「然後，如果你下午一點前沒能再給我另外 150 個詞，你就要到晚上才會有東西吃。」

偏偏大元剛才其實是餓醒的，他摸摸肚子，無奈地

說：「妳說吧，我從妳無聊的祕密裡摘一些詞，我不會的台語詞再問我 a-má 好了。」

「在我們的這個宇宙裡，像氦、氖、氬、氪、氙和氡這些氣體，幾乎最外面的電子層都佔滿了電子，所以不太參與化學反應；在另一個極端則是活性很高的物質，像鉀、鈉、鎂、鋁。」

大元聽到這些元素名稱，突然想起臉書上曾有人分享台語的元素週期表，突然跳了起來。

「你幹嘛？」

「沒……沒事，妳繼續說。」大元心裡想著，找到那張表，然後把一百多個元素名稱交出去，離午餐就不遠了。

另一方面，他故作淡定地說道：「所以，物質的惰性與活性，也讓你們放進我們的語言規則中了嗎？」

「毫不意外，是的。」

大元明知故問，或許他應該要問，究竟有什麼人類的語言規則是沒被這群外星人給「綁架」的？

Masusu 接著說：「你們長期誤解這些物質，認為他們完全不參與化合反應，這也不意外，畢竟我們在科學發展的幼稚階段也犯了同樣的錯誤，所以我們才會好意地把這樣的指引放在你們的語言之中。」Masusu 嘆了一口氣，「不過，這種暗示實在藏得太深，當然對你們沒能發生作用，最後你們還是自己從實驗中發現了真相。」

「等等，妳說你們藏了暗示，是什麼暗示？」

「看似沒有作用，但其實也有其作用的詞彙呀！」

「等一下！」大元好像想到了什麼，「所以這種『不參與句子運作』的否定詞，就是你們給我們關於惰性物質的暗示？這也太好笑了吧！」

「哪裡好笑？」

「就很惰性啊！廢話，我們人類早晚會發現惰性物質的，你們提醒這不是很白痴嗎？」

「不白痴！惰性物質根本沒那麼惰性，看起來不做否定的否定詞也沒那麼廢，是你們太遲鈍，才沒看出來！」

「哈哈！強辯！明明就沒什麼作用的，我看妳怎麼自圓其說。」

「你們人類基本上就是十分懶惰的動物，如果多說個詞卻沒有作用，你們會肯費力氣說出來嗎？」

「誰懶惰？妳才懶惰！妳全家都懶惰！」

「少來！我沒有你們那種『家』！」Masusu補充道，「聽清楚了，那句巴西葡萄牙語，其實有言外之意，說話的人附帶了『我感到十分不認同』的意思在。」

大元並不笨，他一下子就抓到重點了，「所以……法語及華語裡不做否定的否定詞，也表示說話者的某種言外之意？」

　　「是呀！雖然不否定句子的內容，可是帶出了說話者的負面評價，強調擔心、害怕或生氣的意涵。」

　　「喔……看似沒作用，其實有作用的否定詞，你們繞了一大圈，想暗示我們的是……」

　　「這些惰性物質，其實存在幾百種化合物，而且理論上還能產生更多化合物。你們把它們稱為『惰性氣體』，就名不符實呀！即使你們的科學技術如此落後，如今也剩下氖沒找到化合物而已吧！但氖真的沒有化合物嗎？」

　　大元對這種問題實在沒什麼興趣，他深深覺得這些外星人有時候真的無聊透頂，而且太不乾脆，講話兜老大一圈，「真是可憐的一群生物。」他心裡想著。

14
·
星、衛星、星系

★名詞及句子的尾巴不變調：

　　Key point：以名詞、句子作為語言的基本單位來說，在台語裡，一般原則是這些成分的尾巴不變調。

　　在台語裡，也會有「tē-tāng（地動）」這種，其實是「tē（地）」加「tāng（動）」的小句子，因此名詞的「tē（地）」不用變調。

　　但 Masusu 很能扯！連台語的變調位置都能跟宇宙的體系扯上關係！不過，我第一次覺得台語變調背後的規則很有趣，反應了人類思考的基本單位。

第五天下午，看得出來 Masusu 很努力在壓抑自己的情緒，明明想回家，卻沒辦法回去。

大元隱約感覺到 Masusu 有些事沒說。畢竟，除了自己想方設法把太空船啟動以外，總可以連絡那邊的人進行救援吧？誰知道 Masusu 固執地要自己啟動太空船才回去的理由是什麼。

不過，大元倒是知道 Masusu 真的很聰明，因為才幾天的時間，Masusu 已經漸漸掌握台語羅馬字的調符。

「你確定這個詞沒寫錯？」Masusu 看著大元給她的台語詞說道。

網路上有不少台語相關的網頁、部落格，臉書上也有些社團及專頁。今天大元試著從這些來源蒐集台語詞，而其中一篇文章談到台語有些詞彙有變調上的例外，大元從中摘了一些詞給 Masusu 去試。

「Tē-tāng（地動），地震啊！」大元看了 Masusu 問的詞一眼，「怎麼了嗎？」

「前面的音節上面是橫線，我聽線上辭典的音檔，聲調跟其他帶橫線的音節不一樣。」

「是嗎？」大元問道。

Masusu 手伸過來指了指大元筆記本上的另一個詞，「這個詞你找出來聽聽看。」

大元在線上辭典上找到詞，按了聲音播放鍵，「tshī-tiúnn（市長）」，大元一時也說不出有什麼差異。

在「tē-tāng」及「tshī-tiúnn」之間來回放了幾次之後，大元才確認 Masusu 的觀察：雖然這兩個詞的第一個音節都是帶橫線，可是「tē-tāng」的第一個音節是平平的聲調，但「tshī-tiúnn」是低低的聲調。

「妳不放心的話，我問一下 a-má 好了。」大元順手撥了電話。

「A-má！我閣來問台語 ê 問題--ah！是按怎『tē-tāng』kah『tshī-tiúnn』，第一个音節頂懸攏是橫 tsuā，毋過聽著無仝？」

一般人的 a-má 台語再溜，大概也不會知道為什麼，更有甚者，台語很厲害的人，可能從來也沒注意到有這麼一回事。但大元很幸運地有個在國中教台語的 a-má。

A-má 的回答跟大元摘詞的那個網頁類似。簡單地說，台語有些詞彙，跟一般的情況不一樣，這些詞彙在詞裡頭不變調。因此，「tshī-tiúnn」的「tshī」會從中間平平的聲調變成低低的聲調，但「tē-tāng」的「tē」即使出現在詞裡，仍維持中間平平的聲調不變。

「為什麼？」大元多問了一句。

「To tsia-ê 詞本身，就親像一句話，一般句內底 ê 主語（主詞）上尾音節袂變調，所以 tsia-ê 詞內底 ê 頭前 hit 部分嘛袂變調。」

「詞就像一句話？」大元想了很久，才領悟到，「『tē-tāng（地動）』是『tē（地）』加『tāng（動）』，

就好像英文說：『The earth moves.』所以『tē-tāng』本身就像個小小小句子！」

根據 a-má 的說明，台語的句子裡，有些地方是不會變調的，像是名詞的尾巴，或句中句的尾巴。

> 志明真佮意春嬌。
>
> Hit 本冊，志明會佮意予我感覺真意外。　　　　（台語）

大元在理解了這個基本原則後，當起了 Masusu 的小老師。「上面這兩句話，第一句的主語（主詞）『志明』的尾巴『明』不變調；第二句話裡有個句中句『志明會佮意』，這個句中句的尾巴『意』也不變調，就好像一般句子的尾巴一樣。不過⋯⋯」

「不過什麼？」Masusu 問。

「不過代名詞一般來說都會變調，像第一句如果改成『我真佮意春嬌』，那『我』是會變調的。另外，我記得有時候曾有輕聲；句子的尾巴如果讀輕聲，那就不符合剛才說的句子尾巴不變調的規則了。」

「總之，大原則就是：名詞及句子的尾巴不變調，好像自成單位一樣。」Masusu 明快地做了小結。

「那妳就知道『tē』為什麼不變調了吧！因為『tē』在這裡就是個名詞，而且『tē-tāng』好像一個迷你小句

子，『tē』是當做主語（主詞）的名詞。」

「這種詞就像一個迷你星系，具體而微。」Masusu 說。

「哪裡像了？說了這麼多，我只覺得台語變調真麻煩！沒事變什麼調！」

「其實你們人類的語言大多數是有聲調的語言，而會變調的語言也不少，只是變調的原因不一樣。」Masusu 說。

「這個我知道，我有聽華語教學系的同學說過，華語兩個第三聲碰在一起，前面的第三聲會讀成第二聲，因為這樣比較好發音，像：『總』、『總統』；『老』、『老虎』這樣。」

「這個其實很主觀，」Masusu 馬上接著說道，「越南語兩個低低的音節碰在一起，仍然不變調，所以好不好發音，每個語言的使用者的觀感並不一致。」

大元本來以為自己提出了很有學問的東西，沒想到 Masusu 輕易地就舉出了相對的例子。大元不服氣地說：「妳好像很懂的樣子，那不然妳說啊，台語呢？台語為什麼變調變調變調，變得這麼多？」

「我之前沒注意到台語的變調，但聽了你 a-má 和你的解釋，我才發現，台語變調的原因更有趣也更有深度，反映出宇宙裡不同天體的地位及體系。」

「又來了……」大元小小聲地嘀咕，「連這也能扯

上關係？」

「你不是說基本的原則是：名詞和句子的尾巴不變調？」

「對啊！那有什麼道理嗎？」

「名詞和句子，就是你們人類思維裡的兩個基本成分呀！什麼東西和什麼事情 —— 不管具體或抽象名詞都是東西，句子則是事情。」

「這……」大元想了一下，「這樣說我是可以理解啦！不管怎麼樣，這地球上就是什麼東西發生了什麼事情，所以東西和事情是兩個基本單位。不過……這和宇宙又有什麼關係？」大元覺得逼問下去，Masusu 應該會被問倒。

「就像恒星和星系啊！」Masusu 說。

Masusu 看大元沒有意思要接話，就自顧著說了下去：「衛星、彗星都繞著恒星運行成為一個星系，而在這以上就又組成一個更大的星系，名詞、句中句、有句中句的大句子，層次井然，你說像不像宇宙的組成？」

「喔……」大元對這樣的比喻開始感到無趣，但還是配合她說了下去，「我知道妳要說什麼了。所以台語的基本變調原則，反應的就是基本單位、基本體系的邊界，單位、體系的結束不變調，表示自成一格，所以名詞、句子，不管是句中句還是大句子，到尾巴都不變調。」

大元把心裡的想法藏著，決定誘敵深入。

「你很聰明呀！」Masusu 說：「所以台語變調的基本原則反應的就是句子組合的體系關係，對應了宇宙的體系關係。」

「嘿嘿！」大元冷笑兩聲。

「笑什麼？」

「那妳怎麼解釋代名詞基本上都會變調？代名詞難道不是名詞嗎？」大元這時再加上最後一擊，「還有，其實像『tē-tāng』這種像迷你句子的詞，並不是前面的名詞都不變調的，網頁上就有說道，其實例外很多，像：『tshuì-ta（喙焦）』、『bīn-sik（面熟）』、『hīnn-khang-khin（耳空輕）』！這些迷你句子詞裡前面的名詞尾巴都變調了唷！哈哈哈哈哈！」大元覺得自己總算贏了。

「你到底在高興什麼？」Masusu 白了他一眼，「代名詞不過就像恒星衰退了之後的白矮星。至於那些例外，我想也不過就像恒星老了變成紅巨星，把衛星都吞掉，所以不再有內部結構了。」

「少用奇怪的名詞來唬我！」大元抗議道，但 Masusu 沒有理他，大元只好自己 google「白矮星」、「紅巨星」……

大元想著：「我就不信說不過妳！」

「別浪費時間！」Masusu 突然喊道，「你今天才給我多少詞？你自己算算看還欠我幾個詞！」

15
·
宇宙不容你們自由來去

★疑問詞移位（一）：

　　Key point：英文的疑問詞移位與限制。

　　英文的疑問詞，都要放在句首：

　　I know Mary watched the movie because she got a free ticket.

　　I know why Mary watched the movie ___.

　　Why do you think ___ Mary watched the movie ___?

　　可是 Masusu 卻說，在下面這種狀況，疑問詞能問的事情就被限制了：

　　 I hate the movie Mary watched <u>because she got a free ticket.</u>

　　Why do you hate the movie Mary watched ___ ?

　　英文原來有這種規則！印象裡，英文老師沒有教這個，課本和文法書裡也沒有寫。有機會再問問外國人，看看那些句子是不是真的不好。

　　每天數不清次數，看著 Masusu 在螢光板上一個詞又一個詞試著想「喚醒」船上那顆「沒有密碼就不動」的引擎，大元漸漸地有些著惱，「什麼爛引擎？還要鎖密碼！神經病！」

　　「咦？」Masusu 正在試大元給他的另一組詞，聽見大元的咒罵，把頭抬了起來，「你少看不起這個引擎！你們人類就是沒這個技術，才會到現在還關在太陽系裡。」

　　「嘿嘿！」經過 Masusu 這幾天的天文洗禮，大元學聰明了，一邊找台語詞，一邊也看些天文方面的科普文章，「小姐，妳是不是沒有 update 到？什麼我們人類關在太陽系？妳不知道我們已經有好幾架飛行器離開太陽系了嗎？其中的 Voyager 1 及 Voyager 2 還在持續通訊中。」大元不禁驕傲地抬起下巴。

　　「很厲害嗎？」Masusu 只回了一句，又自顧自地試著密碼。

　　大元看她漠然的態度，再想想兩方在科技上的差距，不禁有點心虛起來。但人是這樣的，在開始心虛的時候，就越是要逞強，絕沒有馬上低頭認輸的道理。

　　「少瞧不起人了！」大元大聲地說：「妳至少也應該道歉，說什麼我們被關在太陽系，這明明不是事實！」

　　「那些飛行器上沒有人吧？」Masusu 說：「而且，我想你一定不知道，你們不但沒辦法在宇宙間快速移動，

你們的引擎及能源技術，甚至還不足以讓那些飛行器自行離開太陽系。」

「唔！妳在胡說什麼呀！如果那些飛行器不是自行離開太陽系的，難道是外星人把它們帶離開的？」大元直覺得莫名奇妙，心裡想著：「不可能吧！如果有外星人介入，難道 NASA 連這件事也瞞著大家？」

「是行星幫了你們的忙。」Masusu 在這裡停了一下，「但如果你們早點察覺我們放在你們語言裡的暗示，根本不用等到透過數學模型才知道蟲洞是在宇宙間自由來去的關鍵。」Masusu 嘆了口氣說：「唉，你們人類大多數始終忽視語言的形式研究，甚至到現在都還有人宣稱人類的語言單純只是社會及文化的副產物。」

「等等，什麼行星幫忙？什麼蟲洞？」大元完全沒意料到這樣的答案。

「太陽的引力對你們來說太大、太大了！」Masusu 說著說著嘴角微微上揚，像是在對幼稚園的小朋友做解說似的，「從地表出發想遠離太陽，初始速度要達到時速 15 萬公里以上；即使與太陽的距離，達到地球到太陽距離的 100 倍那麼遠，想繼續擺脫太陽，初始速度都還要有 1.5 萬公里的時速，你不知道吧？」

「妳說多少萬？」

「時速 15 萬及 1.5 萬公里。」Masusu 看大元沒回答，繼續說道：「從地球出發，多虧了地球本身運動的速度，

你們才省了些力氣；但要離開太陽系，就算你們打造出更好的引擎進行加速，以你們的能源技術，也無法支持引擎持續運作呀！」

大元突然想起了之前看那齣叫做《絕地救援》的電影裡，NASA 的工程師曾提到利用行星引力來牽引太空船的事，「我知道妳的意思了，所以，那些飛行器利用了路線上附近的行星提供引力，來得到額外的速度。」

「你知道的嘛！」Masusu 說：「但很可悲的，這是非常低階的航行技術。你們的無人飛行器，大概要到四萬年後，才會在 17.6 光年外掠過另一顆叫做葛利斯 445 的恆星，真是太可悲了。」

「可悲什麼？」大元不服氣地說。

「四萬年後，人類還在嗎？而你們才終於有一艘無人飛行器接近另一顆恒星！以這種技術，你們的種族根本沒有在星系間移動的可能性，會在移動上受限制。」

「不用四萬年那麼久，我們會進步得很快！」

「如果不要忽略你們語言中蟲洞的暗示，你們人類會更快掌握星際旅行的可行性。」

「少來！什麼暗示？」人元故意頂嘴，「妳之前已經講過詞彙像星星一樣移動了，難道移動還會有限制？還有什麼條件不成？」

「限制就嵌在你們的腦袋裡呀！」Masusu 的螢光板投影出如下字句：

```
Why did you leave?                                （英語）
```

　　「英語的疑問詞都會移到句首,對吧?」Masusu 問。

　　「基本的英語文法,所以呢?」

　　「連子句裡的疑問詞,也要移到子句的最前面喔!」
Masusu 投影出一另組句子:

```
I know Mary watched the movie because she got a
free ticket.
I know why Mary watched the movie ___.        （英語）
```

　　大元沒有答話,Masusu 於是接著提道:「甚至疑問
詞還能由子句再往前移到整個大句子的前面,讓整個句子
變成問句。」一邊說著,一邊又投影出一個句子:

```
Why do you think ___ Mary watched the movie ___?
                                              （英語）
```

130

　　「沒有限制呀！就疑問詞都要往前移！國中生都知道的英語文法。」大元出聲嚷嚷。

　　「因為你們老師都沒告訴你們有些句子不好吧？」Masusu 投影出另外兩個句子：

I hate the movie Mary watched because she got a free ticket.

Why do you hate the movie Mary watched ___ ?

（英語）

　　大元看了看，老實說，他沒有什麼句子好或壞的感覺。

　　「你可以問問英國人、美國人，」Masusu 似乎看穿了大元的心思，「第二個句子只能用來問『you』討厭那部電影的原因，但絕對沒辦法用來問 Mary 看那部電影的原因。」Masusu 接著說：「如果執意要問 Mary 看電影的原因，而且儘量保持句子原來的意思，那得要拆成兩句，說成：『You hate the movie, but why did Mary watch it?』才行。」

　　Masusu 把句子換過，說：「你自己對照下面兩個回答吧！」

Why do you hate the movie Mary watched?

（回答1）The cast of the movie sucks!（回答者討厭電影的理由）

（回答2）Mary got a free ticket.（Mary 去看電影的理由）

（英語）

　　大元看著句子，「的確，『回答2』要成立，必須得很牽強地把 Mary 看電影的理由當成回答者討厭那部電影的理由……」他靜靜地在心裡推敲著。

16
.
句子裡的蟲洞

★疑問詞移位（二）：

Key point：台語其實也有疑問詞移位，只是「看不到」。

像這樣的句子裡：

我討厭 hit 齣春嬌因為提著免錢 ê 票去看 ê 電影。

✘ 你討厭 hit 齣春嬌是按怎去看 ê 電影？　　　　　　　（台語）

「春嬌因為提著免錢 ê 票去看 ê 電影」是一個名詞組，所以沒辦法移出去。

真燒腦！還好台語沒有文法課！沒想到台語的疑問詞也會被囚禁在名詞組裡頭。

因為找不到密碼而對引擎的怨懟，讓大元從 Masusu 那裡發現了英文課本、英文文法書都沒提過的奇怪規則，「姑且假設她是對的好了。」大元在心中喃喃自語，突然他靈機一動：「你們這算什麼暗示呀？又不是每個語言的疑問詞都會移動，像台語就不用移呀！」

「要移！據我所知，這個規則被設定為你們人類語言的通則，只是有些語言的移位你們看不到！」Masusu 很快地回答。

「真是太扯了！」大元又在心裡想，「我以為她之前說的事情已經夠扯，沒想到扯還能更扯！」

「你不信的話，可以把上面所有的句子，都翻成台語試試看。」Masusu 想順便從句子裡再得到另一些還沒試過的台語詞。

大元想了好一會兒，一邊查線上辭典，在筆記本上寫下幾個對應的句子：

（1） 你**是按怎**beh 走？　　　　　　　　　　（台語）

（2a）我知影春嬌**是因為提著免錢**ê 票所以去看 hit 齣電影。

（2b）我知影春嬌**是按怎**會去看 hit 齣電影。　（台語）

（3）你想春嬌**是按怎**會去看 hit 齣電影？　　　　（台語）

（4）我討厭 hit 齣春嬌**因為提著免錢 ê 票**去看 ê 電影。

　　　　　　　　　　　　　　　　　　　　　　　（台語）

（5）你**是按怎**討厭 hit 齣春嬌去看 ê 電影？

（回答 1）因為 hia-ê 演員足低路。（回答者討厭電影的理由）

（回答 2）因為春嬌提著免錢 ê 票。（春嬌去看電影的理由）　　　　　　　　　　　　　　　　　　　　　（台語）

　　「沒有移位唭！」大元指著（1）說：「如果把原因說出來，那句子大概會像：『**我因為有代誌** beh 先走。』而（1）的『sī-án-tsuánn（是按怎）』位置跟原因『in-uī ū tāi-tsì（因為有代誌）』一模一樣，沒有移動喔！」

　　「移動是相對的，你很難說宇宙裡有什麼東西是一直停在原位的。」Masusu 問大元，「你說『sī-án-tsuánn（是按怎）』是『why』，『lí（你）』是『you』，對嗎？你怎麼知道『lí（你）』沒有移位呢？」

　　大元呆了一下，直到 Masusu 照著大元的句子，把修改後的結果投影出來：

> （1a） 是按怎你 beh 走？　　　　　　　　（台語）

　　人元不得不承認，（1a）也沒錯，比較起來，（1）中的「lí（你）」的確可能往前移動了，所以一時之間還無法確定「sī-án-tsuánn（是按怎）」到底有沒有移位。

　　靠著句子之間的對比，以及與英文句子的比較，Masusu 漸漸抓到這些台語句子裡的詞意：「你該考慮的是（5）的句子，如果『sī-án-tsuánn（是按怎）』要問的是春嬌去看電影的理由，根據台語的疑問詞會留在原位的假設，『sī-án-tsuánn（是按怎）』應該出現在更右邊的位置吧？」

　　這很燒腦，但有不少事不太靈光的大元，最不缺的就是語文的天分，他知道這代表著有必要去找出「春嬌去看電影的理由」在句中的位置，再用「sī-án-tsuánn（是按怎）」來替代。

> （4）　我討厭 hit 齣春嬌**因為提著免錢 ê 票**去看 ê 電影。
>
> （6）　✘ 你討厭 hit 齣春嬌**是按怎**去看 ê 電影？　　（台語）

　　根據（4），春嬌的理由會出現在「Tshun-kiau（春嬌）」及「khì khuànn ê tiān-iánn（去看 ê 電影）」之

137

間，如果「sī-án-tsuánn（是按怎）」不移位，那照理來說，我們應該可以把「sī-án-tsuánn （是按怎）」留在同一個位置，然後用（6）來問「春嬌去看電影的理由」才對，但大元反反覆覆唸個幾次，他知道（6）是個壞掉的句子。

「你懂了吧？」Masusu 說：「如果台語的疑問詞真的都留在原位不動，那（6）應該會是個好句子，而（6）之所以不好，透過與英語的比較，最有可能的解釋就是：『sī-án-tsuánn （是按怎）』也會移位，只是台語不像英語是一說出來就移位，而是在說出來之後，才在大腦的語言運算中默默地移位。」

「嘖嘖！還默默咧！」大元撇了撇嘴角，「好！關於移位，我一時間還找不到反駁妳的說法。不過妳說了這麼久，這和蟲洞有什麼關係？你們的暗示到底在哪裡？」

「在觀察語言這方面，你算是很聰明的人類，」Masusu 說：「你比較一下剛才的兩個英文句子，找找看移位的出發點，在環境上有什麼不同吧！」

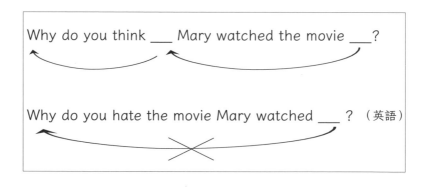

　　大元把句子抄到筆記本上，雖然他英文還不錯，但看了很久，還是看不出個所以然，於是他找出剛才在筆記本上那兩個對應的台語句子：

（3）　你想春嬌**是按怎**會去看 hit 齣電影？

（5）✘你討厭 hit 齣春嬌**是按怎**去看 ê 電影？　　　（台語）

　　終於，他發現（5）比（3）多出了「ê」，他想起了之前曾注意到英語的關係子句的位置與台語是相反的，於是他把筆記本上這兩個句子裡的關係子句圈了出來：

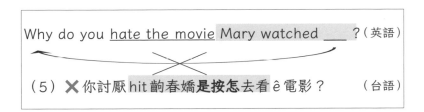

　　「看出來了嗎？」Masusu 也把兩個英文句子重新投影出來：

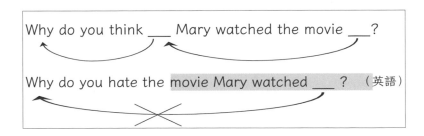

「第一個句子只是把『why』由子句的尾巴拉到子句的頭，再拉到大句子起始處。在第二個句子裡，『why』所在的子句是修飾名詞『movie』的關係子句，整個『the movie Mary watched』就是個名詞。名詞組再大，仍然像是個沒有蟲洞的環境，想要移出去是不可能的事。」

「名詞？名詞組？」大元把對應的台語部分看了看，「『✗hit齣春嬌是按怎去看ê電影』意思上就是『hit齣電影』，所以『✗hit齣春嬌是按怎去看ê電影』是個很大的名詞組沒錯……」

「有蟲洞及沒有蟲洞，就是在宇宙之間來去自如的關鍵。你們人類就是陷在宇宙的名詞組裡頭，因為找不到蟲洞，所以被囚禁在名詞組裡頭了。」

「你們真的有病！」大元囁嚅地說：「你們以為在我們的語言裡埋下這種規則，我們就會知道蟲洞，然後還知道如何利用蟲洞來移動？」

「不然呢？面對你們這種發展落後的種族，在日常使用的語言結構裡提供關於宇宙的各種暗示，已經是很大的慈悲了。如果不這樣做，難道要我們直接把蟲洞引擎的技術雙手奉上，送給你們？」

大元這時候才隱隱地感覺到密碼的重要性，這顆引擎要是沒有密碼鎖住，這艘船要是被有心人發現，那麼人類應該可以很快地得到某些在宇宙間自由來去的技術，不用等到四萬年，不，不用一萬年，也不用一千年、一百年，或許就在這幾年之間……

17

·

另一個次元的隱現

~大元筆記摘要~

★台語裡藏著語用學的祕密：

Key point：在句子以外的「guá lí leh」，把隱藏的語用架構呈現出來了。

「我你咧！」台語這個說法竟然跟句法學與語用學的統合理論有關係！這世界上真的只有台語有這樣的說法嗎？

　　都到第六天了，還是沒找到密碼，但心焦的不只是Masusu，還有大元的父母。

　　「阿元 --ah！Beh tsiânn 禮拜 --ah--neh！恁爸仔母咧問講你是當時 tsiah beh 轉 -- 去 --lah！」A-má 因為大元父母的催促，又撥了大元的手機。

　　「Hóo！A-má！」大元其實也不想就留在這樓頂上，但他能說什麼呢？要說自己被一個外星少女綁架嗎？但在警察來救他之前，他應該會先沒命，然後，不知道有多少警察要莫名地被汽化，然後……其實他也不想害Masusu 陷入危險呀！雖然他說不上來是為了什麼。

　　「阿元 --ah！你聽 a-má 苦勸，緊轉 -- 去 --lah！」

　　「A-má！我知 --lah！」

　　「Mài kan-na 講你知！你緊轉 -- 去 --ōo！恁爸仔母照三頓 khà 來問我你人佇佗，tī 時 beh 轉，你袂煩，老身 to kiōng-beh 煩 -- 死 --ah！」

　　「我你咧！A-má！好 --lah！你 kā in 講我真緊就會轉 -- 去 --lah！我咧無閒，先按呢 --hannh！」大元不等 a-má 回應就掛了電話，然後把手機鈴聲調成靜音。

　　耐性漸漸消磨的 Masusu，很想趕快找出密碼。她耳朵豎尖聽大元和 a-má 的對話，雖然沒辦法聽懂，但她記性絕佳，已經學會了作為密碼測試的上千個詞。剛才之所以仔細聽，無非是希望在當中聽到什麼新詞，可以拿來試試。

「你剛才說⋯⋯『guá lí leh』，這個詞是什麼意思？我們是不是還沒試過這個詞！」

「咦？什麼？」大元一時無法意會，「什麼『guá lí leh』？『Guá lí leh』！」大元笑了出來，「那不是詞啦！那個只是發語詞⋯⋯呃⋯⋯算不算是一個詞，我也不知道。」

「那個『guá』就是『我』嗎？『Lí』就是『你』？」Masusu 問道。

「咦？」大元沒想到 Masusu 還會追問，「呃⋯⋯應該是吧⋯⋯」

「嗯，的確不像是一個詞，」Masusu 說：「甚至⋯⋯也不像一句話。那個『leh』又是什麼意思？」

「呃⋯⋯這裡應該就是『I leh khùn.（伊咧睏。）』的『leh（咧）』吧！」大元說：「『I leh khùn.（伊咧睏。）』『他在睡覺。』，英語⋯⋯英語就 be 動詞加 Ving『she is sleeping』。」

「照這樣來做個比較的話⋯⋯」Masusu 又做了句子的投影：

我你咧	（台語）
✗ 我你在	（華語）
✗ I am you are Ving	（英語）

「這完全是台語獨有的說法。」Masusu 說。

「喔，不過我們平常說華語的時候也會用，只是我猜很多人不知道這是從哪裡來的。」

「那你們知道這個說法表達的是什麼意思嗎？」Masusu 問道。

「就很驚訝或很不爽的意思呀！」

「所以是說話的『guá』很不爽？那為什麼還要有『lí』？」

「呃……」大元從來也沒想過這個問題。

「如果用『lí』表示『你』讓我不爽，那也可以是『他』嗎？」Masusu 問，「就像『他做了什麼，讓我很不爽』這樣。」

「呃……沒有唷，我們不說『guá i leh』，而且，就算讓我不爽的事跟『你』無關，我們還是可以說『guá lí leh』，就算當場只有我自己一個人，很驚訝或很不爽的時候也是可以說『guá lí leh』。」

Masusu 沒有回應，而是在螢光板上東按西按，像是在查詢什麼。

「啊！」大元好像想起了什麼，「還有還有，有時候也會說『guá leh lí leh』，然後啊，後面都可以再把句子接下去。」

大元在筆記本上寫了下面的句子，遞給 Masusu 看：

> 我（咧）你咧志明 kā 我 ê 便當食--去--ah--lah！　（台語）

　　Masusu 看著螢光板上的資訊，自言自語：「不是句子，也不是一個詞，後面可以再接一個句子，所以就是句子以外的東西，是句子意思以外的說話者主觀感受及想法。」

　　「總之就是一個無聊的說法，」大元接話，「太認真就輸了！」

　　「你忘了嗎？我之前才說過，人類就是太忽視對語言現象的關注，太輕看對語言形式的了解，才會一再錯過我們放在你們語言中的線索。」Masusu 冷冷地說。

　　「喔？難不成『guá lí leh』也有什麼學問在？會不會太好笑？」大元哈哈哈笑了出來。

　　「在句子本身以外，又提到『我』及『你』，而且這個『我』及『你』又可以不是後面句子的參與者。這種牽涉到句子意思以外的功能，你們的語言學研究好像稱之為『語用學』吧？」

　　大元不置可否，他從沒聽過什麼「語用學」。

　　Masusu 自顧自地接了下去，說：「我剛才查過了，你們人類的語言學家當中，已經有人開始設想有一個『統一的架構、理論』，可以把『句法學』及『語用學』兩個領域結合起來；就好像你們的理論物理學家希望有個

可以把尺度不同的『微觀世界』及『巨觀世界』的研究結合起來的 theory of everything 一樣。」

大元打了一個哈欠,「所以呢?妳又像上次一樣,開始無聊起來了。」

「我是依約行事!我答應過你的,要把我們藏在你們語言裡頭的祕密跟你說,來作為你幫忙尋找密碼的報答。」

大元心裡想著:「其實我沒有很想知道。」但他明白爭論只會延長這段無聊的對話。

「你們的學者在 2003 年提出了『言語行為殼』的理論,認為人類的語言在句子以上,會有個語用概念的投射,投射中會包括『說話者』、『聽話者』。不過一直沒找到任何語言裡的直接證據。」

大元決定幫忙總結,讓這段對話快點結束,「嗯,總之就是找不到有語言會在句子以上還把『說話者』及『聽話者』一起顯現出來的。」

大元才說完,忽然就懂了。

Masusu 接著說:「你們台語的『guá lí leh』,就是句子以外別有洞天的直接證據,一如不同次元的存在。只不過,更高的次元一般是不可見的,不知道這之所以在台語中顯現,是你們語言自己的發展,還是我們哪個同伴的傑作。」

「雖然不是個詞,但是,妳試過了嗎?會不會這就

147

是引擎的密碼？」大元趕緊轉移話題。

　　Masusu 搖搖頭。

　　「Guá lí leh！所以『guá lí leh』也不是密碼！媽
的！到底密碼是什麼呀！」大元失望地叫了出來。

18
·
原地不動的疑問詞

~大元筆記摘要~

★台語的疑問詞有兩種，其中的一種不必移位：

　　Key point：名詞性質的疑問詞不必移位，所以可以放進名詞組。

　　如果名詞性質的疑問詞，放進名詞組的話：

志明用 lìn-gòo 做 ê 雞卵糕 ／ 志明用 啥 mih 做 ê 雞卵糕 春嬌共志明買 ê 運動鞋／春嬌共 啥人 買 ê 運動鞋　　　　（台語）

　　「啥 mih」和「啥人」都不用移位，所以句子不會壞掉。

　　好混亂！原本疑問詞的故事還算個有趣的故事，沒想到還分成兩類，而且句子的好壞有點難判斷……原來名詞性質的疑問詞，是疑問詞中的異類嗎？

　　「黑洞」常聽見，但「蟲洞」對大元來說，即便不是第一次聽到，感覺上也陌生得多。大元還特地到網路上找些資料來看，不過資料上的「蟲洞」都只是理論上的假設，要再深入就會牽涉到理論物理學及數學，讓人望之卻步。

　　也因為這樣，大元在台語詞蒐集做到煩心的時候，就開始回頭檢視「有蟲洞及沒蟲洞的句子」。

　　他心想，「或許我可以找出 Masusu 那套故事的破綻，證明她一直在胡扯。」

　　就在第六天的下午，在詞彙搜尋空檔的胡亂嘗試中，大元漸漸理解到，重點就在於疑問詞是否在一個名詞組裡（這件事他之前是「知道」的，只是未能真正「體會」；知道及理解之間，總是有一段無以名狀的距離。）

　　於是，大元開始了一連串名詞組與疑問詞的排列組合。以下是他想到帶著關係子句的大型名詞組：

志明用 lìn-yòu 做 ê 雞卵糕 → 雞卵糕

春嬌共志明買 ê 運動鞋 ⇒ 運動鞋　　　　　　　　（台語）

　　這兩個大名詞組裡，分別能插入「原因」、「材料」或「對象」等等，並對應不同的疑問詞：

【原因】

志明**為著欲慶祝春嬌生日**做 ê 雞卵糕。　／ ✖ 志明**是按怎**做 ê 雞卵糕。

例句：✖ 你 khah 佮意志明**是按怎**做 ê 雞卵糕？

【材料】

志明用 **lìn-gòo** 做 ê 雞卵糕。　／ 志明用**啥 mih** 做 ê 雞卵糕。

例句：你 khah 佮意志明用**啥 mih** 做 ê 雞卵糕？

【對象】

春嬌共**志明**買 ê 運動鞋。／春嬌共**啥人**買 ê 運動鞋。

例句：你 khah 佮意春嬌共**啥人**買 ê 運動鞋？　　（台語）

　　就是在這樣的嘗試中，讓大元發現並不是所有在名詞組裡的疑問詞都會讓句子壞掉！

　　以上面這幾個句子來說，「啥 mih」及「啥人」在名詞組裡就沒有什麼問題。

　　這下大元得意了，終於有機會可以一舉揭穿 Masusu 的謊言了，於是他興沖沖地把這些句子拿給 Masusu。

「什麼事？」Masusu 瞥了一眼，說：「要拆成詞呀！密碼應該是一個詞。」

「不是！是我找到妳胡謅的證據了！」

「我胡謅？我胡謅什麼？」

「妳不是說名詞組是沒有蟲洞的環境，所以疑問詞移不出去，會導致句子壞掉？」

「是啊，所以呢？」

「妳看，我找到這兩個疑問詞，『siánn-mih（啥物）』跟『siánn-lâng（啥人）』，就算在名詞組裡，句子還是好的！」

「『siánn-mih（啥物）』跟『siánn-lâng（啥人）』是不是『誰』跟『什麼』的意思？」Masusu 不假思索地問。

「咦？妳怎麼知道？是說，妳順序猜錯了，『siánn-mih（啥物）』是『什麼』，『siánn-lâng（啥人）』才是『誰』！」

「因為我們在某些語言裡頭做了不同的設定，就我所知，像是東亞的語言裡，疑問詞就被設定為兩組，一組是蟲洞的啟示，一組則是宇宙射線的特性。」

大元楞住了，他沒想到，Masusu 能這麼快就接招，然後還露了很玄的一手。

Masusu 接著說道：「照你的語感，我想台語應該和

日語、韓語、越南語一樣，都把名詞性質的疑問詞，單獨拉出來作為宇宙射線的展示了。」

「什麼？不是疑問詞埋在名詞組裡嗎？什麼名詞性質的疑問詞？」大元問。

「有些疑問詞對應的，是『個人或一些人』、『事物或一些事物』，這些就是名詞性質的，像是『誰』及『什麼』。」Masusu 停了一下，「台語是……『siánn-lâng（啥人）』及『siánn-mih（啥物）』對嗎？這兩個詞我們試過了嗎？」

大元照著這個線索，在筆記本上塗塗改改：

【原因】

志明**為著**欲慶祝朋友生日會做雞卵糕，**拄著年節時仔**嘛會做雞卵糕。

例句：✕ 你 khah 佮意〔志明**是按怎**做 ê 雞卵糕〕？

【狀態】

志明早起**沓沓仔**做一粒雞卵糕，下晡閣**足緊**做一粒。

✕ 你 tsit-má 咧食 tsit 粒是〔志明**按怎**做 ê 雞卵糕〕？

（沓沓仔做 --ê 抑是足緊做 --ê？）　　　　　　　　（台語）

【方法】

平平是手錶仔，有 ê **是用手工做** ê 手錶仔，有 ê 是**機器做** ê 手錶仔。

你 khah 佮意［**按怎做** ê 手錶仔］？

【材料】

志明有用 **lìn-gòo** 做雞卵糕，嘛有用**芋仔**、**水蜜桃**做雞卵糕。

例句：你 khah 佮意［志明用**啥 mih** 做 ê 雞卵糕］？

【對象】

Tsia 有幾若雙鞋，tsit 雙是春嬌共**志明**買運動鞋，啊 hit 雙是春嬌共**美玲**買 ê 運動鞋。

例句：你感覺［春嬌共**啥人**買 ê 運動鞋］khah 好看？

（台語）

　　看起來，的確有些疑問詞放在名詞組裡讀起來怪怪的，但有些疑問詞就好好的，「我等下要打給 a-má 問她對這些句子的感覺，」大元在心裡想著，「不過她會不會覺得我很無聊？還是……她會不會被句子弄得頭昏腦脹？」其實大元現在也有點昏沉。

　　「在台語及一些語言裡，有些疑問詞是名詞性質的，

所以不用移到句子的前面去，連默默地移過去都不用！
所以把這些疑問詞放到名詞組裡，即使沒有蟲洞能離開，
那也無妨。」Masusu 說。

「等等，妳不覺得你們設下這個語言規則，很矛盾
嗎？」大元提出疑問，「如果所有的疑問詞都明明地或
默默地移到句首，那感覺起來疑問詞就表現得很一致，
是同樣性質的東西。結果，現在有些卻不用移位了！這
在設計上也太隨便了吧！」

原本還覺得 Masusu 的句子宇宙、移位與蟲洞還算滿
有趣的故事，在聽到疑問詞分成兩類後，大元覺得好像
是胡亂湊數的。

19
·
宇宙射線無所不至

～大元筆記摘要～

★台語的名詞性疑問詞不是真正的疑問詞：

　　Key point：有些語言的名詞性疑問詞，就只是疑問詞，但另一些語言裡的名詞性疑問詞並非真正的疑問詞。

　　台語的名詞性疑問詞「啥 mih」和「啥人」，雖然可以對應到英文的「what」及「who」，但也另外有這樣的用法：

我啥 mih 攏無愛。

不管啥人 beh 去 hia，我攏會出來阻止。　　　　　　（台語）

　　如果要翻成英文，就必須用「whatever」或「whoever」，而不能用「what」及「who」了。

　　比對台語及英語的「what」及「who」的用法，不得不承認用法真的不太一樣。像這種事，應該在英文課教一下，對比一下，然後也跟來台灣學台語的外國人提醒一下，這樣大家才會注意到其中的不同。

　　「這些不用移位的疑問詞，的確是不同性質的東西。」Masusu 這樣說。

　　「哪裡不一樣？」

　　「你們的英文老師沒教這個嗎？」Masusu 在螢光板上按了按，投影出兩個英文句子：

I don't want anything.
I will stop whoever wants to go there.　　　（英語）

　　大元看了句子，說:「教過啊！這兩個句子又不難！」

　　「你把句子翻成台語試試。」Masusu 說。

　　於是大元在筆記本上寫了下面兩個句子：

我無愛任何 ê mih-kiānn。
我會阻止任何想 beh 去 hia ê 人。　　　（台語）

　　大元解釋了每個詞的意思之後，Masusu 問道：「這兩個句子可以換成用『siánn-mih（啥物）』及『siánn-lâng（啥人）』來造句吧？」

　　「唔？我試試看。」

　　大元試了很久，才發現如果要改用「啥 mih」及「啥

人」，那順序上必須要做些調動：

我啥 mih 攏無愛。

不管啥人 beh 去 hia，我攏會出來阻止。　　　　（台語）

　　「你們的英文老師應該沒說過，上面這兩句話沒辦法用英文的『what』及『who』來說吧？」Masusu 看了句子，問了一下每個詞的意思之後這樣說。

　　「真的假的？」大元又開始在筆記本上造句，Masusu 幫他在每個句子前面加上了「✖」：

✖I don't want what.

✖I don't want no matter what.

✖I will stop who wants to go there.

✖I will stop no matter who wants to go there.（英語）

　　「正確的用法，」Masusu 說：「只要是指向名詞性質的『事物或一些事物』、『個人或一些人』，在上面這些『非疑問句』裡，就要使用『whatever』或『whoever』才行。」

　　「唉……」大元嘆了一口氣。

　　「怎麼了？」

「太複雜了，難怪英文老師、英文文法書都沒提過。」

「會不會是老師教過、書上也有，但你沒注意？」

「呃……我是不敢說完全不可能啦！」大元試著轉移話題，又繼續問：「不過，妳說了這麼多，和宇宙有什麼關係？」

「簡單地說，有些語言的名詞性疑問詞，就只是疑問詞，但另一些語言裡的名詞性疑問詞根本不是真正的疑問詞。」Masusu 說到這，停了下來。

大元仔細地把事情再從頭梳理過。

他看見 Masusu 皺著眉頭，靜靜地繼續試著密碼，比起她始終平和的語氣，略為不相稱。

雖說是靜靜地沒開口出聲，但 Masusu 手指敲擊的力道顯然比之前大得多，「喀喀喀」的聲音聽得清清楚楚。

「我大概懂妳的意思了，因為台語的『siánn-mih（啥物）』及『siánn-lâng（啥人）』除了當做疑問詞，也可以用在跟疑問無關的地方，意思像是『任何東西』和『任何人』這樣。所以，台語的『siánn-mih（啥物）』及『siánn-lâng（啥人）』，不是真正的疑問詞。」

Masusu 點點頭，在螢光板上敲擊的手只是變慢，但沒有停下，「但像英語這類的語言，『what』及『who』就不能用來指『任何東西』及『任何人』，所以是貨真價實的疑問詞。」

「不只吧⋯⋯」大元反駁道，「『what』和『who』還可以當作關係代名詞唷！」

　　Masusu 對他的反駁未加理會，大元只好自討無趣地把剛才句子拿出來檢查，看看裡面有沒有之前沒做過密碼測試的詞彙。

　　「像台語這類的語言，『siánn-mih（啥物）』及『siánn-lâng（啥人）』的身分其實是被指定的。」Masusu 突然又說起話來，「句子本身的用法，會指定它們或是做疑問詞，或是做非疑問詞。」

　　「指定？」大元驀然想起一開始那個沒有蟲洞的名詞組，「沒辦法指定吧！名詞組沒有蟲洞，照妳的說法，既然出不去，也進不來唷！句子要怎麼進去通知『siánn-mih（啥物）』及『siánn-lâng（啥人）』，告訴它們：『喂！你這次當疑問詞！』然後下一次又說：『喂！你這次要變身為非疑問詞』？」

　　大元自顧自地演起獨角戲，還笑了出來。他隱約嗅到焦慮的氣息，本來想逗 Masusu 笑的，但 Masusu 沒笑。

　　尷尬的氣氛下，大元只好自己接話下去，「對吧！『siánn-mih（啥物）』及『siánn-lâng（啥人）』就是會出現在名詞組裡頭呀！我們剛才也看到了，當它們出現在名詞組裡頭，句子並沒壞掉，還是可以作為問句，所以看起來⋯⋯指定成功了喲！可是名詞組不是像結界一樣的環境嗎？」

　　大元才剛說完，就發現這個結界可能只對目前的人類有意義。Masusu 畢竟還是靠著蟲洞引擎進到太陽系，來到地球上了。

　　「這就是我們想傳達的宇宙射線的訊息呀！」Masusu 解釋一開始的簡答，「即使是在沒有蟲洞、難以離開的環境裡，宇宙射線還是可以穿透並到達。就像句子的用法，可以進入到無法移出的名詞組結界裡，指定『siánn-mih（啥物）』及『siánn-lâng（啥人）』的身分一樣。」

　　「這個訊息⋯⋯有什麼意義嗎？」大元問道。

　　「你們的科學家現在已經知道研究宇宙射線的意義了。」Masusu 說：「宇宙射線能到達數十億光年那樣不可思議的距離，可以說是來自太陽系以外物質的直接樣本，裡頭甚至還有非常罕見的元素，而且能提供宇宙演化的資訊。」

　　「喔⋯⋯」大元應了一聲。

　　「華語有句俗語說：『秀才不出門，能知天下事。』雖然你們到現在還是出不了太陽系的大門，不過你們應該早點開始研究無遠弗屆的宇宙射線的。」

　　「這種層層疊疊的暗示，真是無用的暗示。」大元下了一個結論。

20
.
孤單的定義

~大元筆記摘要~

（如果都不找出密碼，

Masusu 是不是就不用回去了……）

第七天接近中午，Masusu 的臉終於撐不住而垮了下來。

雖然試著密碼的手沒有停下，但偶爾顫抖，動作也變得有點僵硬，就像她壓抑著不哭的臉一樣。

一個禮拜就快要過去了，大元已經慢慢習慣這個帶點嬌貴氣息，不時對他指指點點的外星朋友。認真說起來，大元其實不想一直被囚禁在這棟大樓頂上，不過如果要離開這裡，大元開始偷偷希望可以和 Masusu 一起離開。

「我覺得我們應該快要找到密碼了喔！」大元想了很久，也只能擠出這麼一句話來安慰 Masusu。

不說還好，這句劃破靜默的話，卻也像刀割開了 Masusu 最後的矜持，「哇」的一聲，Masusu 哭了出來。

大元嚇壞了，看著 Masusu 跌坐在地上嚎哭，淚水不停湧出。

大元覺得應該再說些什麼來安慰她，但要怎麼做呢？是去拍拍她、抱抱她嗎？不，萬一冒犯了她，臉上的口香糖炸開就不好了。可是想要多說些什麼，實在一下子也找不到適當的言語。

「我的國文、英文一向成績還不錯，怎麼常會連該說什麼都想不出來。」大元苦惱地用拳頭敲自己的頭。

不知道過了多久，Masusu 的哭聲終於緩和了下來，但淚水仍是撲簌簌流個不停；大元也終於在背包的底部

撈到一包面紙，把一張皺巴巴的面紙遞給了 Masusu。

Masusu 接過面紙，卻轉身背對大元。

「我剛剛算過了，我們啊，已經試了 2518 個詞了喔！」大元努力擠出樂觀的表情，但 Masusu 並沒有回頭看他。

「我覺得，沒問題的！我們再努力一下。」大元試著控制語氣，但還是免不了有點生硬。

為什麼出於好意鼓勵對方的結果，卻是自己感到更加地尷尬，不，還不只是尷尬，還有失望！大元其實沒有把握，到底什麼時候能碰到那個台語詞。這任務簡直是大海撈針，他們真的能撈到那個密碼嗎？

「啊！其實……」大元轉念一想，才發現自己從來也沒有仔細想過找到密碼之後的情況，「然後呢？」

因為找不到而困在這裡，六天來也變成了習慣，甚至開始覺得這情境也還不算太難捱，但一直困在這裡也太蠢了！難保哪一天不會有人上來樓頂，更何況大元的家人在找他，如果他一直不回去，他們遲早會報警的。

「報警！」當這一連串想法流過，這兩個字像是裝了彈簧似地，從大元的腦中跳了出來。

「Masusu！而且我有想到喔，我們一邊找，妳其實也可以連絡你們那裡……看是警察還是什麼救援隊呀！」大元安慰 Masusu 說：「妳不用擔心，他們一定會來救妳的，妳一定可以順利回去的！」

Masusu 曾說因為船體還在能自行修復的狀態，所以未發出求救訊號，其實一半是謊話，應該說 Masusu 把求救訊號給關了。她掙扎了一會兒，還是決定如實托出：「我把求救訊號關掉了。」

她說這句話的時候，還間雜著啜泣聲。

大元對這個回答感到意外，但也試著猜想背後的原因，「妳……不想麻煩別人嗎？」

他回想了一下 Masusu 曾說過的話，「啊！妳有說過，妳个用跟誰報告行蹤，也不想麻煩任何人！」

「可是，」大元接著說：「我是覺得 honnh，能自己獨立解決問題是很好啦！不過，有時候要別人幫忙，也不是什麼不好的事喔！」

「我死也不要！」Masusu 突然轉身大聲喊了出來。大元看見她圓睜睜的眼睛佈滿了血絲，頓時覺得有點恐怖。

「好……好……不要……不要生氣，我們一起想辦法把密碼找出來。」

接著又是一段像巨大冰山一樣令人不自在的沉默。

「你的朋友對你好嗎？」終於 Masusu 蹦出這一句。

「Hânn？朋友？」

Masusu 沒說話，只是點了點頭，含著淚水的雙眸直直望進大元的眼睛裡。

大元害羞地把頭別開，「呃……普通啦，也沒有說好或不好。」他吞了一口口水，「就……有時候會拿我的名字開玩笑，有時候會故意欺負我，不過……因為我英文和國文比較好，他們會來找我問問題，所以也沒有真的對我很壞……」

　　「我沒有朋友！」Masusu 不等大元說完，突然插了這句話。

　　「嗯……沒有朋友喔？」大元本來想接「我可以當妳的朋友啊」，不過因為害怕及害羞的緣故又吞了回去，轉而說出：「妳又漂亮又聰明，應該很多人想跟妳交朋友吧！」

　　「他們只有在遇到問題的時候會來請教我，對他們來說，我只是他們解決問題的工具。」Masusu 說：「如果不是因為我的研究及發現，很多還沒收進系統，我覺得根本不會有人來找我說話，或假裝關心。」

　　「妳是研究員喔？」大元曾聽過十幾歲就取得博士學位的天才，「那妳一定很厲害，什麼都會！」

　　（後來，一切事過境遷，大元冷靜下來之後，他想到或許外星人的歲數不應該以外貌判斷，但當時他沒想那麼多。）

　　大元看 Masusu 沒有要馬上回應的意思，又再說：「我其實很羨慕妳耶！我除了國文和英文，其他科目都很爛。」

　　大元直覺地想用讚美來讓 Masusu 感覺好受些，不過不知道效果如何。

　　「我沒有什麼都會，我只是研究做得很好而已……」Masusu 說著說著，豆大的淚珠又掉了下來，像一顆顆透明的小琉璃珠跌碎在地上。

　　「不要哭，是他們不好，妳很好。」大元有點詞窮。

　　「他們總是暗地排擠我，什麼活動都故意不找我。背後說我什麼都不會，只會研究、研究、研究。」Masusu 又哭了起來。

　　「呃……我不懂耶，那……妳為什麼還要回去？他們對妳這麼不好，妳就不要回去了呀！」但大元自己也知道這樣的提議根本不切實際。

　　「我要回去面對自己的責任！」Masusu 在這裡頓了一下，「是我自己急著想學會操控太空船，是我害死了教練！如果我不要那麼急，如果我照著教練的指示，教練就不會死了。」Masusu 哭得一發不可收拾。

　　在安慰人這方面，大元做得就像他其他的科目一樣差勁。

　　第七天中午過後，時間就在 Masusu 情緒失控、反反覆覆當中過去了。

　　在斷斷續續的談話中，大元終於比較知道 Masusu 的經歷及想法：一個被朋友嚴重排擠的優秀研究員，受不了冷嘲熱諷，為了想證明自己，下定決心去學朋友們早

就會的太空船駕駛，卻因為緊張及逞強而造成嚴重失控，不但讓教練失去了生命，也讓自己滯留在地球。Masusu不想求援，因為這只會成為朋友嘲笑她沒有能力的另一個例證，她要想辦法自己回去。

更讓大元驚訝的是她已經有充分的心理準備，要面對自己的錯誤造成飛船失控及教練喪生的後果 —— 無論那代表著什麼樣的懲罰。

「這真是太矛盾了……」大元心想，「如果是我，我也不知道要不要回去。唉，表面上，被困在這裡不能回去真是絕望，但回去之後要面對的後果又是那麼可怕。」

大元覺得 Masusu 很可憐，但自己卻連一個密碼都沒辦法幫她找出來。

「不！」大元偶爾會想著，「還是，或許……應該永遠不要找出來比較好呢？」

21
·
意料之外的離別

★人類語言中的兩種移位型態：

　　Key point：一步一步的跳星移位，與一次大躍進的快速移動，是句子中的兩種移位樣貌。

　　兩種移位：「中心語移位」和「疑問詞型移位」，Masusu 還沒解釋就離開了……這個大概要去問語言學家吧？還有，希望人類早日發明蟲洞引擎（這樣我就可以去找 Masusu 了）。

　　一直以來，Masusu 的意志支持著她面對長期的冷落、嘲諷，那意志似乎有著源源不絕的能量，她一度以為自己可以永遠這麼堅強。不過，困在遙遠而陌生的行星上無法返家，良心又不時被「害死教練」的罪惡感所折磨，在地球上短短七天，竟然把她給壓垮了。

　　大元見 Masusu 絕望、漠然地坐在地上，一動也不動，好像散場後靜置一旁的戲偶。就算大元拾起她丟下的螢光板，試著要理解上頭的外星文字，好幫她繼續試另一些沒試過的詞，Masusu 都沒起身阻止；她低垂的頭，抬也沒抬一下。

　　還好大元的手機跳出來電顯示，讓他沒機會在操控太空船的螢光板上亂按太久，不然還真不知道太空船會出什麼事。

　　「喂，a-má--ooh ？」大元看到 a-má 家的號碼，接了電話。

　　「阿元 --ah，你開視訊，a-má 有要緊 ê mih-kiānn beh hōo 你看！」

　　大元想了一下，移到太空船光滑的牆壁那面，把鏡頭打開。突然，他看見媽媽，還有站在旁邊的爸爸。

　　「先不要掛電話！」大元的媽媽說：「沒事的，我們只是想要確定你好好的，因為我們很擔心你。」

　　大元沒想到，爸爸和媽媽為了他，從台北到了高雄 a-má 家，因為他們知道大元只肯接 a-má 的電話。

然後是一陣靜默。

大元的眉頭微微地皺了起來。他偷偷地轉頭看 Masusu，發現 Masusu 淚水縱橫的臉也正向著他。

很少交流的家人，即使是血緣上最接近的親子，臨時要找到話題也是很困難的。大元的爸爸媽媽現在的感覺，就跟大元面對哭泣、崩潰的 Masusu 一樣，在心裡努力地想挖出一句適當的話。

或許是面對這情況已經看不下去，a-má 突然拿著一本舊舊的書擠到鏡頭前，說：「阿元 --ah！你毋是最近咧讀台語，講 beh 去考台語檢定？你看！你看 a-má tshuē 著啥？」

大元的 a-má 把書湊到鏡頭前，但也靠鏡頭靠得太近了，失焦的封面糊成一片。

大元沒有回應，但原本緊收的眉頭放開了一些。另一方面，媽媽終於找到了話題，「大元！這是你國小的閩南語課本耶！」

爸爸也努力地想找話說：「咦，是耶！上面有你寫的筆記喔，你那時候的字，雖然一看就知道是小朋友寫的，不過算很漂亮喔！」

大元的眉頭重又皺了起來，「我不是小朋友了！」他出聲抗議，不過因為說的時候好像含著一顆滷蛋，a-má 及爸爸媽媽顯然沒聽清楚。對電話那一頭來說，看見大元的眉頭皺起，就表示電話隨時有被切斷的可能，只能

努力地把話接下去。

　「大元！你看！」媽媽把課本又拿了起來，「你把封面的『閩南語』劃掉，用油性筆改成這個英文……」媽媽停了下來，轉向爸爸求救。

　「咦？喔？呃……」爸爸看了看，也沒看出個所以然，只能對鏡頭尷尬地笑一笑、點點頭，假裝讚許。

　「阿元 --ah，tse 是你問 -- 我 --ê--ah！你 iáu 會記 -- 得 -- 無？」A-má 趕緊插話，「我 hit-tang-tsūn 猶未學台語書寫，你問我講『台語』tsit 兩字按怎寫，我嘛毋知，叫你去問恁老師，你 koh 毋敢，我只好 khà 電話去問朋友，佳哉有一个朋友伊自細漢讀白話字聖經，kā 咱教講『台語』寫做『Tâi-gí』。」

　「喔～～！原來這是『Tâi-gí』喔！」媽媽恍然大悟。

　「呃……大元，」爸爸接著說道，「那個……你回來呀！爸爸也會說台語喔！你要考台語檢定，我們一起練習，一起去考吧！」

　「嗯！你什麼時候會回來，跟我們說一下，我們在家裡等你喔！」媽媽說。

　「好啦！我有一個朋友需要幫忙，我幫了她之後，就會回去。」大元說完，也不等回話就掛了電話。

　「你的家人很關心你。」Masusu 說。

　「嗯，希望他們一直都這麼關心。」大元仰著頭向上看，「有時候，我覺得那個家裡有我、沒有我，對他

們根本沒差。」

「有的，暗物質一直在那裡，你要去發現它。」Masusu 接著說：「你的家人對你是真心的，不像我，沒有什麼真心對待我的人。」

「我……我……我……」大元想說「我真心對待妳」，不過話哽在喉嚨裡說不出來。

看見 Masusu 還是坐在那裡沒有行動，大元想著要怎麼讓 Masusu 振作起來，也想繼續讓 Masusu 跟他說話，於是走過去撿起螢光板，說：「Masusu，剛剛 a-má 說的那個詞，我們有試過嗎？」

「哪個詞？」Masusu 問。

「Tâi-gí 呀！」大元說：「我來比對一下之前的清單……嗯，先查一下線上辭典確定我有沒有拼錯好了！」

「線上辭典沒有收『台語』這個詞耶！」大元說。

「所以呢？」

「所以這個詞我們還沒試過喔！」大元一副神祕的模樣，「除了那一百多個元素是從臉書抄來的以外，我們之前輸入的每一個詞，我都到線上辭典去查過，確定羅馬字沒寫錯才給妳輸入。所以如果線上辭典查不到，應該就是我們還沒試過。」

「那你就在網路搜尋一下，確定沒拼錯吧。」Masusu 回話冷冷的，顯然沒抱太大的希望。

大元一邊 google，一邊隨口問問題想讓 Masusu 振作一點：「那個……妳今天還沒拿祕密來交換耶！不公平喔！」

Masusu 白了大元一眼，「我什麼時候能回去都不知道了，我一直說一直說……夠交換嗎？」

「夠啦夠啦！搞不好這次就中了唷！」

「其實，」Masusu 停了一下才說：「你們人類已經整理出句子裡的移位型態了，那兩種型態就對應著兩種星際旅行的方式，只是你們還不知道而已！」

這時候，大元已經在一些網頁上完成比對，確定 a-má 說的那個詞是「Tâi-gí」。

「奇怪，那真的是我小時候寫的喔？怎麼會沒什麼印象。」他在心裡想著。

「你們的生成句法學家，把句子裡面的移位，分成『中心語移位』及『疑問詞型移位』兩大類型，我們在前面這個型態暗示的就是利用星球引力做跳星航行的技術，後面這個就是暗示利用蟲洞進行長距離的移動。」Masusu 自顧自說著，好像無奈地在還債似的。

「蟲洞？」大元只聽到這個關鍵字，「妳說那個蟲洞，就是之前的那個蟲洞？」

「嗯，所以『疑問詞型移位』即使可以移得超遠，也還是沒辦法從名詞組裡頭移出去，因為名詞組裡沒有蟲洞，而關鍵就是蟲洞。你們應該要認真地研究蟲洞，

把能引發蟲洞的引擎發明出來，這樣才能在宇宙中變得自由。」

　　「妳說什麼移位？」大元從來也沒聽過這些名詞，但他想到不知道還要在這裡耗多久，決定還是把這些詞記下來，等下來 google 一下好了。畢竟，他每次在手機上打手遊，Masusu 都會生氣責罵他浪費時間，空檔時如果有事可做，也不會太無聊。

　　「『中心語移位』和『疑問詞型移位』。」Masusu又慢慢地說了一次。

　　大元問清楚每個字，然後在筆記本上寫了下來。之後，裝出一副即將開獎的神情說：「快！我們來試試看『Tâi-gí』，我有預感這次要中了啦！」雖然大元這麼說，但其實心裡並不踏實。

　　大元把螢光板拿給 Masusu，Masusu 有氣無力地在上面，照著大元給的「Tâi-gí」輸入。

　　突然，船內傳出一陣若有似無的低鳴聲，Masusu 起初還沒注意到，是大元推了推她，「喂！有個怪聲音，妳有沒有聽到？」

　　Masusu 側耳一聽，眼睛隨即亮了起來：「是引擎！引擎動了！我要回去了！」

　　「找到了！」大元高興地喊叫，「是『Tâi-gí』！我們找到密碼了！」兩個人忘我地手拉手跳著轉圈。

　　「妳可以回去了。」大元整理了思緒，故意微笑著

說這句話，但笑得不太自然。

「你也該回去了，你的爸爸媽媽在等你呢！」Masusu 笑得很燦爛，好像回去之後什麼問題都可以迎刃而解似的。

「好，路上小心喔！」大元說著說著，一滴眼淚不小心溢出眼框，他下意識伸手去撥，碰到了那塊「口香糖」，「等一下！這塊⋯⋯這塊炸彈怎麼辦？」

Masusu 從口袋裡拿出一個扁扁小小的盒子，取了裡頭的膏狀物抹在大元臉上，把「口香糖」取了下來，「放心！這不是炸彈，這只是快速黏著劑。」然後望著大元說：「謝謝你！」

大元的眼前一陣炫目的強光，等再睜開眼，他已經站在大樓旁邊的小巷裡。

他抬頭往上望，但大樓太高，看不到樓頂。

都市的光害把夜空照映得一顆星也沒有。

灰濛濛的天上，大元找不到一點值得注意的痕跡。

「再見了，Masusu，」大元在心裡想著，「真的會再見嗎？」

宇宙藏在字裡行間，A-má 和我救了一個外星人

作者：劉承賢

封面設計：廖小子
美術設計：羽夏
總編輯：廖之韻
創意總監：劉定綱
執行編輯：錢怡廷

出版發行：奇異果文創事業有限公司
發行人：廖之韻
地址：台北市大安區羅斯福路三段 193 號 7 樓
電話：（02）23684068

經銷商：紅螞蟻圖書有限公司
地址：台北市內湖區舊宗路二段 121 巷 19 號
電話：（02）27953656

初版：2024 年 1 月 23 日
ISBN：978-626-97089-6-3
定價：380 元

國家圖書館出版品預行編目 (CIP) 資料

宇宙藏在字裡行間，A-má 和我救了一個外星人 / 劉承賢作.

-- 初版 . -- [臺北市]：

奇異果文創事業有限公司 , 2024.01

180 面 ; 14.8x21　公分

ISBN 978-626-97089-6-3(平裝)

1.CST: 臺語 2.CST: 讀本

803.38　　　　　　　　　　　　112018855